백야 외

세계문학산책 17
백야 외

지은이 **표도르 도스토옙스키**
옮긴이 **붉은여우**
펴낸이 **안용백**
펴낸곳 **(주)넥서스**

초판 1쇄 인쇄 2013년 4월 20일
초판 1쇄 발행 2013년 4월 30일

출판신고 1992년 4월 3일 제311-2002-2호
121-840 서울시 마포구 서교동 394-2
Tel (02)330-5500 Fax (02)330-5555

ISBN 978-89-6790-135-6 04800

출판사의 허락없이 내용의 일부를
인용하거나 발췌하는 것을 금합니다.
가격은 뒤표지에 있습니다.
잘못 만들어진 책은 구입처에서 바꾸어 드립니다.

www.nexusbook.com
지식의 숲은 (주)넥서스의 인문교양 브랜드입니다.

세계문학산책 17

표도르 도스토옙스키
백야 외

붉은여우 옮김   김욱동 해설

지식의숲

차 례

백야...007
꼬마 영웅...140

백야

아름다운 밤이었다. 우리가 젊었던 시절에만 느낄 수 있는 그런 밤이었다.

그런 밤이면 별빛이 초롱초롱 빛나는 밤하늘을 바라보며, 문득 이런 질문을 스스로에게 던져 본다.

'이렇게 아름다운 하늘 아래 파연 변덕쟁이나 심술꾸러기가 존재할 수 있을까?'

이 질문은 매우 유치하지만, 우리가 이런 종류의 질문을 보다 자주 던질 수 있도록 하느님께서 은총을 내려 주시리라 믿는다.

변덕쟁이와 심술꾸러기에 대해 생각하다 보니, 오늘 하루 동안 나에게 있었던 일들을 떠올려 보지 않을 수 없다.

이른 아침부터 이상야릇한 우수(憂愁)가 나를 사로잡으며 괴롭히기 시작했다. 갑자기 모든 사람들이 나에게서 떠나가고 있다는 생각이 강하게 밀려왔던 것이다.

이렇게 물어보는 사람도 있을 수 있다.

"모든 사람들이라고 말하는 그들이 도대체 누구인가?"

나는 벌써 18년 동안이나 이 도시에 살고 있지만 아는 사람이 거의 없다. 하지만 아는 사람이 무슨 필요가 있단 말인가? 친분 따위가 없다 해도 그 사람들 모두가 이미 나의 친구인데.

그런데 그들이 갑자기 자신들의 별장으로 떠나가 버리자, 나는 왠지 모든 사람들에게서 버림받은 듯한 느낌이 들었다. 혼자 남겨졌다는 불안감이 나를 사로잡으면서 갑자기 두려워지기 시작한 것이다. 나는 불안감을 떨쳐 버리지 못한 채 사흘 동안 이리저리 헤매고 돌아다녔다.

넵스키 거리에도 가 보고 공원이나 강 주변도 살펴보면서 어슬렁거렸지만, 지난 일 년 동안 같은 시간, 같은 장소에서 볼 수 있었던 사람들의 모습이 하나도 보이지 않았다.

물론 그들은 나를 모른다. 하지만 나는 그들을 잘 안다. 그들이 잘 짓는 얼굴 표정도 일일이 기억하고 있을 정도다. 그들의 얼굴에 활기가 넘쳐흐르면 내 마음도 덩달아 들떴고, 그들의 표정이 어두우면 나도 모르게 우울해져서 괜스레 서성거리기도 했다.

거의 날마다 폰탄카(페테르부르크의 중심부를 가로지르는 네바강 근처의 운하)에서 마주치던 노인과는 친구라고 해도 좋을 만큼 친밀감이 느껴졌다. 인상이 근엄한 그는 언제나 깊은 생각에 잠긴 듯한 몸짓으로 뭔가를 중얼거리면서 왼손을 휘두르곤 했다. 오른손에 금빛 손잡이가 달리고 마디가 많은 기다란 지팡이를 쥐고서.

그 노인도 나라는 사람을 의식하는 듯했다. 때문에 내가 정해진 시간에 폰탄카의 그 장소에 나가지 않는다면, 그 역시도 허전해 할 것이라는 생각이 들었다.

언젠가는 하마터면 그와 인사를 나눌 뻔했는데, 둘 다 기분이 좋았기 때문인 것 같다. 얼마 전에도 이틀 동안 보지 못하다가 사흘째 되는 날 마주치자, 둘 다 반사적으로 모자에 손을 얹었다. 하지만 다행히도 서로가 재빨리 정신을 차렸기 때문에 적당한 순간에 슬그머니 손을 내리고는 아무렇지 않은 듯이 지나쳤다.

나는 이 도시의 건물들에도 친밀감을 느낀다. 거리를 걷고 있노라면, 건물들이 저마다 내 앞으로 마구 달려오는 것만 같다. 그러고는 창문을 열고 나를 바라보며 다정한 목소리로 이렇게 속삭일 것만 같다.

"안녕하세요? 잘 지내고 계시죠? 저도 덕분에 잘 지내고 있

답니다. 그리고 이번 5월에는 한 층을 더 올린다고 합니다."

"잘 지내시죠? 내일부터 집수리를 한대요."

"저는 이번에 난 불 때문에 하마터면 다 타 버릴 뻔했어요. 얼마나 놀랐는지 몰라요."

나에게 이처럼 다정히 속삭이는 건물들 중 어떤 것들은 마치 오랜 친구처럼 느껴진다. 그중 하나는 이번 여름에 수리를 한다고 한다. 수리가 시작되면, 나는 날마다 찾아가 살펴볼 생각이다. 행여 잘못된 데라도 있으면 안 되니까.

그러나 밝은 핑크빛 건물이 당했던 일은 결코 잊지 못할 것 같다. 그것은 아주 조그맣고 깜찍하게 생긴 석조 건물이었는데, 그 건물은 나를 바라볼 때마다 아름다운 숙녀처럼 상냥한 미소를 지었다. 마치 주변의 볼품없는 건물들에게 거드름을 피우는 것처럼 보이기도 했지만, 아름다움이 지닌 오만이라고 생각하기로 했다. 나는 그 건물 앞을 지날 때마다 기쁨에 들뜨곤 했다.

그런데 지난주에 무심코 거리를 긷나가 그 건물을 바라보니, 매우 슬픈 목소리로 원망의 말을 하고 있었다.

"사람들이 지금 나를 노란색으로 칠하고 있어요!"

이 야만인들 같으니라고! 이 악당들 같으니라고! 그들은 둥근 돌기둥은 물론 처마 언저리에 달린 장식과 지붕까지 온통 노란색으로 물들여 놓았다. 아름다운 숙녀인 내 친구는 마치 카

나리아처럼 샛노랗게 변하고 말았다. 그 뒤로 울화가 치밀어서, 몰골이 흉측하게 변해 버린 그 친구를 바로 볼 엄두가 나지 않았다.

내가 어떤 식으로 이 도시와 관계를 맺고 있는지, 여러분은 이미 눈치챘을 것이다.

앞에서도 이미 말했듯이, 나는 꼬박 사흘 동안을 불안감에 사로잡혀 지냈다. 나는 줄곧 그 불안감의 정체를 알아내기 위해 이리저리 머리를 굴려 보았다.

집 밖을 돌아다녀도 마음이 편치 않았고, 집에 있어도 마음이 잡히지 않는 것은 마찬가지였다. 내 곁에는 아무도 없다. 그들은 도대체 어디로 가 버렸단 말인가?

나는 이틀 밤을 잠도 자지 않고 고민에 빠져 있었다. 왜 이렇게 답답한가? 이 방 안에 부족한 것이 무엇이란 말인가? 아무리 생각해도 무엇 하나 명확해지는 것이 없었다.

연기 자국으로 검게 그을린 녹색의 벽, 하녀인 마트료나의 게으름을 증명이라도 하듯 천장에 줄줄이 매달린 거미줄, 그리고 윤기 없는 모습으로 비실거리며 서 있는 가구들을 바라보면서, 그리고 의자 하나하나까지 살펴보면서 내 마음이 불안한 이유가 바로 이런 것들 때문이 아닐까 하고 생각했다. 의자가 비뚤어져 있는 것을 보면, 괜스레 마음이 뒤숭숭했기 때문이다. 심지어 창문까지도 살펴보았지만 모두 헛일이었다. 마음이 조금도 편해지질 않았다.

할 수 없이 마트료나를 불러 거미줄을 비롯하여 이것저것 들춰내면서 잔소리를 늘어놨다. 그랬더니 그녀는 갑자기 뭘 잘못 먹고 그러느냐는 듯이 눈을 동그랗게 뜨며 나를 빤히 쳐다보다가, 한 마디 대꾸도 없이 휭 하니 밖으로 나가 버렸다.

그리하여 거미줄은 아무 탈 없이 지금 이 순간까지 제자리에 잘 걸려 있다.

*

그런데 드디어 불안함의 원인을 깨닫게 되었다. 그것은 사람들이 나를 버리고 모두 떠나갔기 때문이었다. 오늘 아침에야 불현듯 그런 깨달음이 찾아왔다. 이 도시에 사는 모든 사람들이 자신들의 별장으로 떠나 버렸거나, 아니면 이제부터 떠나려 하고 있는 중이었다.

마차를 빌리려고 길가에 서 있는 신사들은 풍채가 그럴듯했으며, 그들은 너나 할 것 없이 한 집안의 존경받는 가장들처럼 보였다.

이제 그들은 다람쥐 쳇바퀴 돌듯 틀에 박힌 일상생활에서 벗어나, 안온함이 기다리고 있는 별장으로 떠나갈 것이다. 그래서인지 그들의 표정은 한결같이 홀가분해 보였다. 어쩌면 그들은 길을 가다가 사람들을 만나면 이렇게 말할지도 모른다.

"여러분! 우리는 두 시간 뒤에 별장으로 떠날 겁니다."

또한 예쁘장하게 생긴 작은 여자아이가 하얗고 가느다란 손가락으로 가볍게 두들겨 대던 창문을 활짝 열고, 항아리에 꽃을 담아 팔고 있는 꽃장수를 부르는 것만 보고서도, 나는 이렇게 단정 지었다.

"저 소녀는 숨 막히는 이 도시에서 봄의 향기를 느끼려는 것이 아니라, 가족들과 함께 별장으로 갈 때 가져가려고 꽃을 사는구나."

나는 이런 관찰에 상당히 익숙해져서, 사람들의 모습을 슬쩍 보기만 해도 그가 가는 별장의 모습이 어떤지를 정확하게 알아낼 수 있게 되었다.

카멘니 섬이나 아프체카르스키 섬, 또는 페테르코프 거리에 살고 있는 사람들은 품위 있는 행동이 몸에 배었을 뿐만 아니라 세련된 여름옷을 입고 있었고, 시내로 타고 오는 마차도 무척 화려하고 아름다웠다. 파르콜로프와 그 너머에 사는 사람들의 행동은 점잖고 당당했으며, 크레스토프스키 섬에 사는 사람들은 낙천적이면서 밝고 쾌활한 성격으로 사람들의 시선을 사로잡았다.

나는 짐을 잔뜩 실은 마차의 긴 행렬과 마주치곤 했다. 그 마차에는 온갖 가구, 즉 탁자와 터키식 긴 의자를 비롯한 갖은 살림살이가 산더미처럼 실려 있었으며, 짐 꼭대기엔 비쩍 마른 하녀가 우두커니 올라앉아 있었다. 마부는 손에 고삐를 바짝 쥐고 무거운 마차를 힘겹게 끌면서 터덜터덜 걸어갔다.

또한 가재도구를 가득 실은 작은 배가 네바 강이나 폰탄카를 지나 초르나야 강이나 하구에 있는 섬들 쪽으로 미끄러지듯 흘러가는 것을 바라보곤 했는데, 볼 때마다 행렬들의 수가 삽시간에 열 배, 백 배 늘어나는 것이었다.

이렇게 모든 것이 나를 떠나고 있었다. 도시에 사는 모든 사람들이 줄줄이 별장으로 도망치고 있는 것처럼 보였다. 페테르부르크 전체가 텅 비어, 금방이라도 유령의 도시로 변할 것만 같았다.

나는 묘한 부끄러움과 함께 서글픔을 느꼈다. 나는 그들처럼 갈 만한 별장도 없지만, 이 도시를 떠날 만한 이유도 없었다. 하지만 나는 짐마차를 빌린 누군가가 날 부르면 금방이라도 따라나설 것만 같은 기분이었다.

그러나 나에게 같이 가자고 손을 내미는 사람은 아무도 없었다. 그들은 나라는 사람 따위는 전혀 기억하지 못하는 것 같았다. 그들에게 있어 나란 존재는, 그들의 삶과는 아무 관계 없는 이방인인 것 같았다. 아니, 실제로 나는 이방인이었다.

그런 생각이 밀려들자, 도무지 견딜 수가 없어서 괜스레 여기저기 돌아다녔다. 아무 생각 없이 헤매면서 다니다 보니, 내가 어디에 있는지조차도 모를 지경이었다.

불현듯 정신을 차리고 보니, 나는 교외의 낯선 어느 성문 앞에 서 있었다. 아주 잠깐이지만, 순간 즐거운 기분이 들었다.

그래서 나는 길가에 둘러쳐진 울타리를 넘어, 이제 막 파종을 끝낸 밭과 소 떼들이 어슬렁거리고 있는 초목 사이를 지나 발길 가는 대로 걸었다. 피로감은 전혀 느껴지지 않았다. 오히려 그간 나를 짓누르고 있던 알 수 없는 무거운 짐이 가슴속에서 쑥 빠져나가는 듯했다.

그러자 마차를 타고 지나가는 모든 사람들이 다정한 눈길로 나를 바라보는 것만 같았다. 나에게 인사를 하지는 않았지만 그들은 모두가 행복해 보였으며, 하나같이 잎담배를 피우고 있었다.

나 또한 여태까지 한 번도 느껴 본 적이 없을 정도로 즐거웠다. 마치 갑자기 이탈리아에라도 온 것 같은 기분이 들었다. 도시의 삭막함에 금방이라도 질식해 버릴 것만 같았던 나를, 자연은 이토록 강렬하게 사로잡았다.

 봄이 되면, 페테르부르크의 자연은 하느님이 내려 주신 모든 힘을 하나도 빠짐없이 펼쳐 보여 주곤 했다. 솜털처럼 부드러운 새싹을 싹 틔우고 푸르른 잎사귀를 펼치며 물감을 들인 듯이 알록달록한 꽃송이를 활짝 피우면서 자연이 아름답게 몸단장을 할 때, 거기에는 말로 표현할 수 없는 고귀한 그 무엇이 깃들어 있다.

 내 가슴을 마구 두드리는 자연의 신비는 내게 야위고 병약한 소녀를 아스라이 연상시킨다. 사람들은 때론 동정에 가득 차서, 때론 연민이 뒤얽힌 사랑의 눈길로 그녀를 바라본다. 하지만 아예 그녀의 존재 자체를 느끼지 못할 때도 있다.

 그러다가 어느 한순간 그녀가 상상도 하지 못했던 아름다운 모습으로 변신하면, 사람들은 너무나 놀란 나머지 넋을 잃고 바라보다가 자기도 모르게 이렇게 질문한다.

 "저 슬프고 침울한 눈동자에 불길을 타오르게 해 준 것은 도대체 무엇인가? 저토록 창백하고 야윈 뺨에 핏기를 돌게 해 준 것은 무엇인가? 저 가냘픈 소녀의 가슴이 어찌하여 저토록 요동치고, 어찌하여 저토록 힘찬 정열이 넘치는가? 저 가엾은 소녀의 얼굴에 넘쳐흐르는 생기와 아름다움은 어디서 온 것인가? 소녀의 얼굴에 빛나는 별빛 같은 미소와 불꽃처럼 타오르는 웃음은 도대체 어디서 온 것인가?"

그러나 이것은 순간에 지나지 않는다. 다음 날이 되면, 사람들은 예전과 다름없는 창백한 얼굴과 수줍어하는 가냘픈 몸짓을 보게 될 것이다. 심지어는 사람을 맥 빠지게 하는 그 어떤 우수와 회한, 허무하게 불타 버린 정열에 대한 분노의 흔적과 마주칠지도 모른다.

사람들은 아름다움이란 것이 그렇게 순식간에 시들어 버림을 애달파 하고, 사람의 마음을 흔들어 놓고 덧없이 명멸함을 서러워하며, 이내 사라져 버리는 허무한 것들에 대한 그리움으로 몸져눕는다. 또한 아름다운 소녀를 사랑할 시간조차 갖지 못했던 자신의 처지를 생각하며 회한에 휩싸인다.

*

나는 밤이 깊어서야 시내로 돌아왔고, 숙소로 돌아오고 있을 때는 이미 열 시가 넘어 있었다. 나는 운하의 제방을 따라 걸었는데, 늦은 밤이라 그런지 지나다니는 사람이 하나도 없었다. 게다가 내가 살고 있는 곳은 도시의 가장 변두리였다.

나는 콧노래를 흥얼거리며 걸었다. 기쁠 때 그 기쁨을 나눌 사람이 없거나, 주변에 친구나 가까이 지내는 친지도 하나 없는 사람이 흔히 그러는 것처럼, 나는 기분이 좋을 때면 입가를 간질이며 무언가를 흥얼거렸다. 그런데 전혀 예상치 못했던 일이 갑자기 일어났다.

흥에 겨워하며 걷고 있던 나의 눈에, 운하 난간에 기대 서 있는 한 여자의 모습이 나타났다. 노란색 모자에 검은 망토를 앙증맞게 두르고 있는 그녀는 캄캄한 운하의 물을 뚫어지게 바라보고 있는 것 같았다.

'저 여자는 틀림없이 브루넷(머리카락과 눈이 갈색이고, 피부색이 흰 여자)일 거야.'

나는 격렬하게 요동치는 가슴을 부여안고 숨을 죽이며 그녀의 옆을 지나갔다. 그러나 그녀는 내 발자국 소리를 듣지 못했는지 꼼짝도 하지 않았다.

'이상한데……. 저 여자는 무언가 골똘히 생각해야 할 일이 있는 모양이군.'

이렇게 생각하며 걷고 있던 나는 이내 장승처럼 그 자리에 멈춰 섰다. 숨죽여 우는 듯한 울음소리가 들려왔기 때문이다.

그렇다! 여자는 울고 있었다. 내가 잘못 들은 것이 아니었다. 그녀의 흐느낌은 잠시 멎는 듯하더니, 이내 더욱 격렬해졌다.

아! 나는 가슴이 미어지는 듯했다.

내가 아무리 여자들 앞에서 수줍음을 잘 타고 겁이 많다 해도, 그냥 지나쳐서는 안 될 것 같았다. 나는 발길을 돌려 그녀에게 다가갔다.

이때 '아가씨'라는 호칭이 소설 속에서 이미 수천 번이나 사용되었다는 사실이 떠오르지 않았다면, 나는 틀림없이 "아가씨" 하고 불렀을 것이다. 그러나 그 점이 마음에 걸렸기 때문에, 적당한 단어를 찾느라고 한참을 머뭇거렸다.

내가 그렇게 머뭇거리는 동안, 여자는 제정신이 돌아왔는지 주위를 둘러보았다. 그러더니 갑자기 무언가가 생각난 듯, 내 옆을 미끄러지듯이 지나쳐 운하를 따라 난 길로 걸어갔다. 나는 지체하지 않고 그녀의 뒤를 쫓아갔다.

그녀는 뒤따르는 나를 의식했는지 운하를 뒤로한 채 큰길을 가로질러 반대편으로 건너갔다. 그리고 보도를 따라 걷기 시작했다. 하지만 나는 길을 건널 용기가 나지 않았다.

내 가슴이 커다란 손에 사로잡힌 작은 새의 심장처럼 파들파들 떨고 있을 때, 뜻하지 않은 사건이 일어나 나를 도와주었다.

보도 저편, 그녀와 얼마 떨어지지 않은 곳에서 연미복을 차려입은 한 신사가 등장했다. 나이가 지긋하고 풍채가 당당해 보였는데, 그는 벽에 기대어 비틀거리면서 걸어왔다. 몹시 취한 것이 분명했다.

흔히 소녀들이 밤에 길을 갈 때 모르는 누군가가 다가와서 "집까지 바래다 드릴까요?"라고 하면 겁을 먹고 재빠르게 도망치듯, 그녀도 화살처럼 민첩한 동작으로 부지런히 걸음을 옮겼다. 그래서 비틀거리는 신사 따위가 그녀를 따라잡는 일 따위는 일어날 것 같지 않았다.

그런데 갑자기 그 신사가 그 자리에서 튕겨 오를 듯이 무서운 속도를 내며 그녀의 뒤를 쫓아 달리기 시작했다. 그녀는 깜짝 놀라 날아가듯이 뛰었지만, 휘청거리며 달려오는 신사와의 거리가 금방 좁혀졌다. 그러자 그녀는 곧 죽을 것처럼 비명을 질러 댔다.

그런데 그때 마침 나는 오른손에 옹이가 박힌 긴 지팡이를 쥐고 있었다. 이것이야말로 하늘이 나에게 내리는 축복이 아니겠는가.

내가 더 생각할 겨를도 없이 길을 건너가서 그들의 맞은편에 서자, 초대받지 않은 신사는 즉시 사태를 파악한 듯했다. 내가 가진 강력한 무기를 본 것이다. 그는 잠시 머뭇거리더니 아무 말 없이 잠자코 물러섰다. 그리고 우리가 있는 곳에서 상당히 멀어지고 나서야, 못마땅하다는 듯이 거칠게 소리를 질러 댔다. 하지만 그 말은 우리에게 거의 들리지 않았다.

"자, 제 손을 잡으세요! 그러면 아무도 더 이상 접근하지 못할 겁니다."

그녀는 아직 흥분과 놀라움이 가시지 않은 듯 가늘게 떨리는 손을 아무 말 없이 내밀었다.

아, 초대받지 않은 신사여! 이 순간, 내가 얼마나 그대에게 고마워하고 있는지 모른다.

*

나는 살며시 그녀를 훔쳐보았다. 그녀는 더없이 아름다운 브루넷이었다. 내가 추측했던 것처럼 머리카락과 눈동자가 갈색이면서 피부색이 뽀얀 처녀였던 것이다.

그녀의 짙은 속눈썹에는 아직도 눈물방울이 반짝이고 있었다. 그것이 조금 전의 놀라움 때문인지, 아니면 그보다 더 전부터 해 왔던 고뇌 때문인지는 알 수 없었다. 하지만 입가에서는 잔잔한 미소가 피어올랐다.

그녀도 나를 살며시 바라보는가 싶더니, 이내 얼굴을 붉히며 고개를 숙였다.

"그것 봐요. 아까는 왜 저를 피해서 달아났습니까? 그곳에 있었더라면 이런 일이 일어나지 않았을 텐데……."

내가 떨리는 가슴을 가까스로 진정시키며 말을 꺼내자, 그녀는 머뭇거리며 이렇게 대답했다.

"아까는 당신이 어떤 사람인지 몰랐잖아요. 제 생각에는 당신도 마찬가지로 그런……."

"그렇다면 지금은 저를 아신다는 얘기입니까?"

"조금은요. 그런데…… 왜 그렇게 떨고 계시나요?"

"아, 네……. 당신은 금방 알아채시는군요!"

그 처녀는 생각보다 영리했으며, 그 사실은 이상하게 나를 들뜨게 했다. 또한 그 영리함은 그녀의 아름다움을 느끼는 데 조금도 방해가 되지 않았다.

"그래요, 당신은 사람을 볼 줄 아시는군요. 사실 저는 수줍음을 많이 타는 편이랍니다. 게다가 조금 전에 그 신사가 나타났을 때 당신이 그랬던 것처럼 몹시 겁이 날 뿐 아니라, 흥분이 좀처럼 가라앉질 않습니다. 마치 내가 꿈을 꾸고 있는 것만 같습니다. 내가 어떤 여성과 말을 하게 되리라는 것은 꿈에서도 생각해 본 적이 없습니다."

"아니, 어떻게 그럴 수가? 설마……."

"사실입니다. 만일 제 손이 떨고 있다면, 그건 여태껏 한 번도 이렇게 자그맣고 예쁜 손에 잡혀 본 적이 없기 때문입니다. 그동안 저는 여자와는 어떤 식으로든 가까이 지낸 적이 없습니다.

인연이 없었던 거죠. 아무튼 저는 줄곧 혼자였기 때문에…… 여자를 만나면 어떤 식으로 이야기를 해야 하는지도 모릅니다. 지금도…… 혹시 제가 당신에게 바보 같은 말을 하고 있는 것은 아닌지 모르겠습니다. 저는 쉽게 모욕을 느끼거나 하는 성격이 아니니까, 솔직히 말씀해 주십시오."

"아니에요, 전혀 그렇지 않아요. 오히려 그 반대예요. 저더러 솔직히 말해 달라고 하시니 말씀드리겠는데요, 여자들은 오히려 그런 수줍음을 좋아한답니다. 저도 마찬가지인걸요. 그리고 집에 도착할 때까지 당신을 절대로 쫓아 버리지 않을게요."

"당신이 그렇게 말씀해 주시니……."

그녀의 말에 나는 몹시 가슴이 벅차 가쁘게 숨을 쉬며 말했다.

"어쩌면 수줍음을 떨쳐 버릴 수도 있을 것 같습니다. 저의 방법이 잘못되었다는 것을 알겠네요."

"방법이라니, 그게 무슨 말이죠? 도대체 그런 게 왜 필요하죠? 그 말은 좀 불쾌하네요."

"아, 죄송합니다. 주의할게요. 너무 당황하다 보니 그냥 튀어나온 말이에요. 하지만 지금 당신이 저보고 희망을 갖지 말라고 하는 것은 아니겠죠?"

"희망이라고 하셨어요? 혹시 저와 사귀고 싶다는 뜻인가요?"

"그렇습니다. 제발 언짢아하지 마시고, 한번 생각해 보십시오. 스물여섯 살이 되도록 아무도 만난 적이 없는 제가 어떻게 능숙하게 말을 잘할 수 있겠습니까? 차라리 마음속에 있는 것을 솔직하게 털어놓는다면 당신도 좀 더 수월하게 이해할 수 있을 겁니다. 저는 한 번 마음이 어딘가로 쏠리면 가만히 입을 다물고 있질 못합니다. 믿을 수 있겠습니까? 정말이지 단 한 번도, 어떤 여성과도, 교제해 본 적이 없습니다. 그저 언젠가는 누군가를 만나겠지 하고 꿈꾸며 기다렸을 따름입니다. 아, 제가 꿈속에서 몇 번이나 그런 식으로 사랑에 빠졌는지를 당신이 아신다면……."

"누굴, 어떻게 사랑했다는 말씀이시죠?"

"아무도 아니에요. 그저 제 꿈속에 등장하는 여성을 그리워했을 뿐입니다. 저는 꿈속에서 몇 편의 소설을 썼죠. 당신은 저를 잘 모릅니다. 물론 만난 여자가 전혀 없을 수는 없겠죠. 두세 명의 여성을 만난 적이 있습니다. 하지만 완전히 아줌마 같은…… 이웃 여자들이었습니다. 아니, 그것보다는 재미있는 이야기를 해 드릴게요.

저는 몇 번인가 거리에서 어느 귀족 아가씨에게 말을 걸어 보려고 한 적이 있습니다. 그녀가 혼자일 때 말입니다. 물론 몹시 수줍어하겠지만, 그러나 정중하면서도 열정적으로 말을 하는 겁니다. '나는 혼자 죽어 가고 있다. 그러니 나를 외면하지 마라.'라고 말입니다. 사실 어떤 여성과도 친해지고 싶지만, 나에게는 그럴 방도가 없으니까요. 그리고 그녀에게 '나처럼 불행한 남자의 애원을 뿌리치지 않는 것이 여성의 도리가 아니겠느냐'고 넌지시 암시하는 겁니다.

결국 제가 바라는 것은, 무슨 말이든 마음에서 우러나오는 진정한 대화를 나누고 싶다는 것입니다. 나를 비웃어도 상관없지만 단박에 나를 내치지 말 것, 내 말을 믿어 줄 것, 내가 하는 말을 끝까지 들어 줄 것, 그리고 내게 희망을 줄 것……. 다음에 다시는 만나지 못하게 되더라도 말입니다. ……그런데 당신은 웃고 계시는군요. 물론 제가 이런 얘길 하는 것도 당신을 웃겨 드리기 위해서지만……."

"화내지 마세요. 제가 웃는 것은, 당신이 자신을 너무 괴롭히는 것 같기 때문이에요. 만약 당신이 실제로 그렇게 해 보았다면 성공했을지도 모르겠군요. 아무리 거리에서 일어나는 일이라고 해도, 꾸밈없이 솔직하게 말하면 효과가 있을 테니까요. 웬만큼 생각이 있는 여자라면, 그 순간 어떤 일로 아주 화가 나 있는 경우가 아니라면…… 한 남자가 머뭇거리면서 그토록 애원하는 것을 보고 무시하면서 돌아서 버리지는 않을 거예요……. 어머! 그런데 제가 지금 무슨 말을 하고 있는 거죠? 물론 저였더라면, 그런 경우 미친 사람 취급했을 거예요. 아무튼 저는 제 방식대로 판단하고 행동했을 테니까요."

"아, 고맙습니다!"

나는 감격에 차서 소리를 질렀다.

"지금 당신이 저를 위해 무슨 일을 해 주셨는지…… 아아, 당신은 모르실 겁니다."

"됐어요, 이제 그만하세요! 하지만 한 가지만 대답해 주세요. 어째서 당신은…… 그러니까 제가 관심을 갖고 우정을 맺을 만한 여자라고 생각했나요? 쉽게 말해, 당신 표현을 빌린다면…… 아줌마 같은 여자가 아니라고 단정한 건가요? 아니면 무슨 생각으로 제게 접근할 생각을 하신 거예요?"

"무슨 생각이냐고요? 당신은 혼자였고, 밤이 깊었으며, 그 신사가 지나치게 뻔뻔스럽게 행동했잖습니까. 그건 남자의 의무였다는 것을 당신도 인정하셔야 합니다……."

"그 얘기가 아니라, 그보디 디 진에…… 저기, 건너편에서 말이에요. 그때부터 당신은 저한테 가까이 다가서려고 했잖아요?"

"아, 거기서 말입니까? ……어떻게 대답해야 할지 모르겠군요. 사실 저는 오늘 무척 행복했습니다. 그래서 콧노래를 부르며 걷고 있었습니다. 저는 교외에 나갔다 오는 길이었는데, 오늘처럼 그렇게 행복했던 순간은 없었습니다. 그런데…… 언짢더라도 용서하십시오. 저는 당신이 울고 있다고 생각했습니다. 저는…… 저는 그걸 그냥 듣고 있을 수가 없다고 생각했습니다. 가슴이 죄어드는 것 같았거든요. ……제가 당신이 우는 것을 보고 안타까워하면 안 되는 건가요? 당신에게 어떤 연민 같은 것을 느끼는 것이 죄가 되는 건가요? 연민이라는 말을 써서 미안합니다. 그런데 제가 저도 모르게 당신에게 다가가려 했던 것이 당신을 모욕하는 일이 된 겁니까?"

"알겠어요, 이제 그만하세요."

그녀는 눈을 내리깔고 내 손을 꼭 잡으며 말했다.

"그런 말을 물어본 제 잘못이에요. 하지만 제가 당신을 잘못 생각한 것이 아니라서 기뻐요. …… 벌써 저희 집에 다 왔네요. 이 골목으로 조금만 더 들어가면 돼요. 오늘 정말 고마웠어요. 안녕히 가세요……."

"설마, 다시 못 보는 것은 아니겠지요?"

그녀가 웃으면서 대답했다.

"당신은 처음에 내치지 않기만을 원했어요. 그런데 지금은…… 아니, 아무 말도 하지 않겠어요. 어쩌면 다시 만날 수 있을지도……."

"저는 내일도 이곳에 오겠습니다. 아, 용서해 주십시오. 벌써

당신에게 요구하고 있군요."

"그래요, 당신은 참으로 조급하시군요."

"잠깐만! 잠깐만 제 얘기를 들어 주십시오."

나는 그녀의 말을 가로챘다.

"다시 이런 말을 한다 해도 용서해 주십시오. 저는 내일 여기 오지 않을 수 없습니다. 저는 몽상 속에서 살고 있으니까요. 저에게 현실적인 삶은 거의 존재하지 않습니다. 지금 같은 순간이 오리라고는 상상도 못했답니다. 아마도 저는 일주일 내내, 아니 일 년 동안은 내내 당신 꿈을 꿀 것입니다.

저는 내일 반드시 바로 이 시간에, 바로 이 자리에 올 수밖에 없습니다. 그리고 오늘 있었던 일을 회상하며 행복에 잠길 겁니다. 이 자리는 이미 저에게 무척 의미 있는 장소가 되어 버렸습니다. 이 도시에는 이런 장소가 두세 군데 있습니다. 언젠가 한 번은 저도 당신처럼…… 옛날 일을 회상하며 울었던 적도 있습니다. 누가 알겠습니까. 당신도 바로 몇 분 전에 옛 추억을 떠올리며 울고 계셨던 건지……. 아, 용서하십시오. 제가 또 제 생각대로 지껄였군요. 당신은 이곳에서 특별히 행복한 기분이었을지도 모르는데……."

"좋아요. 저도 내일 이곳에 올 거예요, 열 시쯤. 어쩐지 당신을 말릴 수 없을 것 같네요."

그녀는 얼굴을 붉히며 계속 말을 이었다.

"당신과의 약속 때문이 아니라, 저는 볼일이 있어서 어차피 여기 와야 해요. 다시 말씀드립니다만, 저는 볼일 때문에 여기 오는 거예요. 좀 더 확실히 말씀드린다면, 당신이 이곳에 오셔도 상관없어요. 혹시, 오늘 같은 불쾌한 사건이 또 일어날지도 모르잖아요? 아니, 이건 농담으로 한 말이고요……. 한마디로, 저도 그냥 당신과 만나고 싶어요.

그런데…… 당신, 지금 저를 비난하고 계신 건 아니죠? 제가 그렇게 가볍게 만날 약속을 하는 여자라고는 생각지 마세요. 저도 이런 약속은 하고 싶지 않았지만…… 아니, 이건 그냥 제 비밀로 남겨 두겠어요. 다만 미리 약속을 해 주실 일이 있어요."

"약속이라고요? 말씀하세요, 무엇이든지요. 어떤 약속이라도 하겠습니다. 저도 제 행동에 책임질 줄 아는 사람이랍니다. 정중하고 예의 바르게 행동할 겁니다. 당신도 저를 아시다시피……."

내가 기쁨에 들떠 소리치자, 그녀는 살짝 미소를 지으며 말했다.

"당신이 어떤 사람인지 알 것 같기 때문에, 내일 당신과 만나는 약속을 하는 거예요. 그렇지만 만나는 데 한 가지 조건이 있어요. 제가 부탁드리는 걸 꼭 들어주셔야 해요. 솔직히 말씀드리자면, 저를 사랑해서는 안 돼요. 그건 절대로 안 됩니다. 친구라면 얼마든지 좋아요. 그러나 사랑은 안 돼요. 부탁이에요!"

"맹세합니다."

나는 그녀의 손을 잡고 소리쳤다.

"됐어요, 맹세 같은 건 하지 않아도 괜찮아요. 저는 당신이 화약처럼 폭발할 수 있는 사람이란 걸 잘 알아요. 제가 이런 식으로 말하는 걸 기분 나쁘게 생각하지는 마세요. 짐작하시겠지만…… 사실 저도 아는 사람이 없어요. 저 역시도 이야기를 나누거나 제게 조언을 해 줄 사람이 아무도 없어요. 물론 그렇다고 해서 거리에서 조언자를 구할 생각은 없어요. 다만 당신만은 예외지만……. 저는 당신과 아주 오랫동안 친구 사이로 지내 온 것처럼 당신을 잘 알게 되었으니까요. 정말 저를 배신하시면 안 돼요."

"두고 보시면 알 겁니다. 지금은 단지 어떻게 내일까지 견디나 하는 생각뿐이랍니다."

"고마워요. 그럼, 안녕히 가세요. 그리고 제 믿음을 잊지 마세요. 제가 이미 당신을 믿어 버렸다는 걸. 당신이 조금 전에 열변을 토하듯이 하신 말씀은 참 좋았어요. 그래요, 당신의 말씀이 무척 마음에 와 닿아서 당신에게 모든 걸 말해야겠다는 생각이 들었어요."

"대체 뭘 말해야 되겠다는 겁니까?"

"그건 내일 말씀드릴게요. 그때까진 비밀로 하는 것이 당신한테도 더 좋을 거예요. 좀 엉성하긴 하지만 어딘지 소설 같은 이야기예요. 내일 말씀드릴 거예요, 어쩌면 아닐지도 모르지만……. 아무튼 당신과 좀 더 얘길 나누고 싶어요. 우리가 좀 더 친해질 수 있도록 말이에요."

"아, 그래요? 내일 당신에게 저에 관한 모든 걸 털어놔야겠다는 생각이 드는군요. 그런데 도대체 저한테 무슨 일이 생긴 겁니까? 마치 제게 기적이 일어난 것만 같습니다. 말씀 좀 해 주세요. 혹시 당신도 처음부터 화를 내며 저를 쫓아 버리지 않은 걸 후회하는 건 아니시겠죠? 단 몇 분 동안에 당신은 저를 참으로 행복한 사람으로 만들었습니다. 그래요, 행복한 사람 말입니다. 어쩌면 당신은 제가 제 자신과 화해할 수 있도록 도와주었는지도 모르겠군요. 또 제가 가지고 있던 의혹을 모두 해소시켜 주었는지도……. 어쩌면 저에게도 그런 순간이 찾아오고 있는지도 모릅니다. 자, 그럼…… 내일 이야기를 나누도록 하죠. 그러면 당신은 그 모든 걸 알게 될 겁니다."

"좋아요. 내일 만나서 이야기하기로 해요."

"그럼, 들어가십시오."

"네, 안녕히……."

우리는 그렇게 헤어졌다. 나는 밤새도록 거리를 돌아다녔다. 집으로 갈 마음이 도무지 생기지 않았기 때문이다. 그만큼 나는 행복했던 것이다.

'그래, 내일까지 기다리자!'

☆

"그것 보세요, 이렇게 아무 일 없이 잘 있었잖아요?"

그녀는 반갑다는 듯이 나의 두 손을 잡고서 웃으며 말했다.

나는 뛰는 가슴을 애써 억누르고는 그녀의 아름다운 눈을 바라보며 말했다.

"저는 두 시간 전부터 여기 와 있었어요. 오늘 하루를 제가 어떻게 지냈는지 당신은 짐작도 하지 못할 겁니다!"

"알아요, 다 알아요……. 하지만 우리는 이야기를 해야 해요. 제가 왜 나왔는지 당신은 잘 아시잖아요. 어제처럼 말도 안 되는 소리를 하러 나온 것이 아니에요. 앞으로 우리는 좀 더 현명하게 생각하고 행동해야만 해요."

"무얼 더 현명하게 생각하고 행동해야 한다는 겁니까? 저는 지금만큼 현명하게 행동했던 적은 없었습니다. 그런데 어떻게 더 현명해져야 한다는 겁니까?"

"정말이에요? 그럼…… 첫 번째 부탁입니다만, 제 손을 그렇게 꽉 잡지 마세요. 솔직히…… 저 어젯밤에 당신에 관해 오랫동안 생각했어요."

"그래서 무슨 결론이라도 얻었습니까?"

"결론이오? 그건 말이죠……. 처음부터 다시 시작해야 한다는 거예요. 왜냐하면 결과적으로 당신은 여전히 제게 낯선 사람이고, 어젯밤의 제 행동이 철없는 것이었다는 걸 깨달았기 때문이에요. 물론 이 모든 것은 제 잘못이에요. 하지만 그걸 바로잡기 위해서는 제가 당신을 알지 않으면 안 된다는 거예요.

그렇지만 제가 당신에 대해 물어볼 사람이 아무도 없으니 당신이 모든 것을 다 말씀해 주셔야 해요. 도대체 당신은 어떤 사람이죠? 어서 말씀해 주세요. 당신의 이야기를 듣고 싶어요."

나는 깜짝 놀라 소리쳤다.

"제 이야기라뇨? 도대체 그런 생각을 왜 하는 거죠? 전 들려드릴 이야기가 없는데요……."

"여태껏 세상을 살아왔는데 할 이야기가 아무것도 없단 말씀이세요?"

그녀가 웃으면서 내 말을 가로막았다.

"정말이지 할 이야기가 아무것도 없습니다! 전 언제나 외톨이로 살아왔어요. 다시 말해서 철저하게 혼자, 완벽하게 혼자서 살아왔단 말입니다. 아시겠어요? 전 혼자였단 말입니다."

"어떻게 혼자 살 수가 있어요? 그렇다면 여태까지 한 번도 그 어떤 사람도 만난 적이 없단 말씀이세요?"

"아뇨, 그건 아닙니다. 하지만…… 어쨌든 저는 줄곧 혼자였어요."

"그럼, 아무하고도 가까이 지낸 적이 없으신가요?"

"엄밀히 말해서 그렇습니다. 그 누구와도……."

"그렇다면 당신은 도대체 어떤 사람이에요? 설명 좀 해 주세요. 아니, 잠깐만 기다려 주세요. 어쩌면 알 수도 있을 것 같아요. 당신에게 혹시 할머니가 계시지 않나요? 저처럼 말이에요. 제 할머니는 앞이 안 보이시죠. 그래서 할머니는 저를 절대로 밖에 내보내지 않으셨어요. 저는 말하는 법을 다 잊어먹을 정도였어요.

2년쯤 전에 제가 한눈을 좀 팔았더니, 할머니는 더 이상 저를 잡아 둘 수 없을 거라고 생각하신 모양이에요. 어느 날 저를 부르시더니, 제 옷과 당신 옷을 함께 핀으로 꽂아 떨어지지 않게 고정시켜 놓으셨어요. 그때부터 저와 할머니는 날마다 아침부터 밤까지 온종일 그렇게 붙어 앉아서 생활하고 있어요. 할머니는 앞이 보이지 않으시지만 양말을 뜨고, 저는 옆에 앉아 바느질을 하거나 큰 소리로 책을 읽어 드리지요. 정말 이상한 일이죠? 벌써 2년째 핀으로 그렇게 묶여 있으니 말이에요."

"세상에, 어떻게 그런 끔찍한 일이……. 하지만 저한테는 그런 할머니가 계시지 않습니다."

"그런 할머니도 안 계신데, 어떻게 집 안에만 있을 수 있단 말이에요?"

"당신은 정말 제가 어떤 사람인지 알고 싶으신 거군요?"

"네, 그래요."

"진심입니까?"

"당신, 정말 재미있는 분이군요! 여기 벤치가 있네요. 우리 여기 앉아서 얘기해요. 지나다니는 사람이 없으니, 편하게 얘기하세요. 아무리 할 이야기가 없다고 하셔도 소용없어요. 당신에겐 이야기가 있어요. 단지 숨기고 있을 따름이라고요."

그녀는 마치 할머니와 묶여 있는 2년 동안 한 번도 웃어 본 적이 없는 사람처럼 깔깔거리면서 말했다.

나는 그녀의 어린애 같은 웃음을 되받아 크게 웃으면서 대답했다.

"당신은 혹시 몽상가가 무엇인지 아십니까?"

"몽상가요? 물론이죠. 제가 어떻게 모를 수가 있겠어요? 제 자신이 바로 몽상가인걸요! 할머니 곁에 앉아 있다 보면 때론 별별 생각이 다 떠오르거든요. 일단 상상을 하기 시작하면 거기 완전히 빠져들어요. 심지어 중국의 황제에게 시집가는 공상을 하기도 해요. 어쨌든 공상을 할 수 있다는 건 참 좋은 일이에요. 아니, 그렇지 않을 때도 있지만……. 그것 말고 다른 것을 생각해야 할 경우도 있으니까요."

그녀는 이번에는 조금 진지한 표정으로 꽤 장황하게 대답했다.

"이미 중국 황제한테 시집까지 가 보았으니…… 저를 이해하는 것이 그다지 어렵지 않겠군요. 그런데…… 실례지만 저는 아직까지 당신의 이름을 모르고 있네요."

"정말 일찍도 물어보시는군요!"

"죄송합니다. 너무 기분이 좋아서 미처 생각을 못했습니다……."

"제 이름은 나스첸카예요."

"나스첸카! 그게 답니까?"

"다라니요? 그럼, 그것으로는 부족하단 말씀이세요? 정말 욕심이 많으시군요!"

"부족하냐고요? 아니, 충분합니다. 오히려 넘치지요. 나스첸카, 당신은 처음부터 저를 위해 나스첸카가 되어 주었으니, 당신 마음이 얼마나 고운지 알 것 같아요."

"그럼요, 이제 알았죠?"

"자, 나스첸카, 잘 들어 보세요. 이제부터 제 이야기를 할 수 있을 것 같군요."

나는 그녀 옆에 앉아, 사뭇 진지한 자세를 취하고는 이야기를 시작했다.

*

"나스첸카, 당신은 잘 모르시겠지만 이 도시에는 외딴곳이 몇 군데 있습니다. 그곳을 비추는 태양은 도시 전체를 비추는 태양과는 사뭇 다릅니다. 마치 일부러 그곳을 비추기 위해 만들어진 것 같은 새로운 태양이 매우 독특한 빛을 발합니다.

아름다운 나스첸카 양, 이렇게 외딴곳에는 우리가 일상생활을 영위하는 보통의 삶과는 전혀 다른 세계가 존재한답니다. 그것은 현실처럼 복잡한 것이 아니라, 아득하고 먼 미지의 왕국에나 있을 법한 신비스러운 것들이고요. 그것은 순수하면서도 환상적이지만, 사실은 평범한 것들이 뒤섞인 그런 것입니다."

"무슨 서론이 그렇게 장황해요? 더 있다간 무슨 얘기가 나올지 모르겠네요."

"나스첸카, 당신의 이름은 아무리 불러도 싫증이 나지 않을 것 같군요. 그러니까…… 그 외딴곳에는 기묘한 사람들, 즉 몽상가들이 살고 있습니다. 몽상가, 좀 더 자세히 설명하자면…… 그들은 인간이 아니라, 이를테면 중성적인 존재라 할 수 있습니다. 그들은 다른 사람들이 가까이할 수 없는 구석에 틀어박혀 있습니다. 마치 한낮의 햇볕까지도 피하려는 듯이 그 속으로 기어드는 거죠. 그리고 일단 자신의 안식처에 들어앉으면 달팽이처럼 웅크린 채 아예 그곳을 자기 집으로 삼는 것이지요. 달팽이가 아니라면, 아마도 거북이와 비슷할 겁니다.

당신은 어떻게 생각하십니까? 그들은 어째서 주변을 둘러싼 벽이 반드시 녹색으로 칠해져야 하고, 담배 연기로 검게 그을려 칙칙해진 것을 좋아하는 걸까요? 그 우스운 신사는 몇 안 되는 친구들 중 누군가가 한 사람이라도 찾아오면 너무나 당황하면서 얼굴색이 변하고, 심지어는 이성조차 잃어버릴 정도로 곤혹스러워하지요.

그는 자신만의 공간에서 마치 무슨 흉악한 범죄를 저지르거나 위조지폐라도 찍어 내고 있었던 것은 아닐까요? 아니면 이미 세상을 떠난 친구의 유작을 정리해서 발표하는 것이 마치 신성한 의무라도 되는 것처럼 첨언과 함께 시라도 쓰고 있는 것일까요?

말씀해 보세요, 나스첸카. 갑자기 누군가가 찾아오면, 반갑게 맞이해 줘야 되는 것 아닌가요?

그리고 오랜만에 찾아온 그 친구도 분위기가 어색하겠지만 유쾌한 화제를 꺼내 같이 웃을 수도 있는 것 아닌가요? 그런데 왜 상대방의 얼굴만 물끄러미 바라보며 머뭇머뭇하는 걸까요? 평소에는 그리도 재미있는 이야기를 잘하던 사람이 말입니다.

집주인은 대화를 부드럽게 풀어 가려고 나름대로 애를 쓰면서, 시시껄렁하지만 사교계의 이야기나 하다못해 여성에 관한 이야기라도 하면 좋을 텐데…… 잘못 찾아온 이 불쌍한 친구에게 도리어 쩔쩔매면서 왜 답답한 시간을 보내는 걸까요?

그래서 결국 찾아왔던 친구는 갑자기 모자를 집으면서, 있지도 않은 약속을 핑계 대며 자리에서 일어나고 맙니다. 그는 집주인이 어떻게든 실수를 만회해 보려고 갖은 애를 쓰는 손을 힘들게 뿌리치고는 어색하게 떠나가겠지요. 그러면서 그 친구는 문을 나서기가 무섭게 이런 괴짜 녀석을 다시는 찾아오지 않겠노라고 다짐할 겁니다.

이 괴짜는 본질적으로 무척 훌륭한 인간입니다만, 공상만 하고 있다는 것이 문제가 될 것입니다. 이를테면 찾아온 손님과 마주하고 있으면서도 줄곧 자신을, 아이들이 주무르고 겁주고 여러 가지 방법으로 놀려 대는 불쌍한 새끼 고양이의 표정과 비교하는 것 따위로 말입니다.

아이들의 잔인한 손아귀에 붙들려 죽도록 혼이 난 새끼 고양이는 마침내 녀석들을 피해 의자 밑의 어둠 속으로 숨어 버립니다. 녀석은 그곳에서 털을 곤두세운 채 쌔근거리면서 학대 받은 콧등을 두 발로 문질러 대겠지요.

새끼 고양이는 오랫동안 세상을 원망스럽게 생각하면서, 심지어 친절한 하녀가 주인의 식탁에서 가져다준 먹이마저도 적의에 차서 바라보는 것입니다."

"잠깐만요! 얘기가 왜 이렇게 흘러가는지 모르겠군요. 당신이 저한테 그런 우스운 질문을 하는 이유를 통 모르겠어요. 하지만 제가 분명히 알 수 있는 것은, 이 모든 이야기가 당신이 실제로 겪은 일이라는 거죠. 그렇지 않은가요?"

눈을 동그랗게 뜨고 입까지 벌린 채 놀라워하며 내 이야기를 듣고 있던 나스첸카가 갑자기 내 말을 가로막으며 말했다.

"틀림없이 그렇습니다."

나는 무척이나 진지한 표정으로 대답했다.

"그렇다면 이야기를 계속해 주세요. 그 이야기가 어떻게 끝날지 궁금하니까요."

"나스첸카, 당신은 우리의 주인공이 ― 아니, 나 자신이라고 말하는 것이 좋겠군요. 이 모든 일의 주인공은 바로 '나'니까요. 그러니까…… 당신은 제가 그 외딴곳에서 무엇을 하고 있었는지 알고 싶다는 거죠? 어째서 친구의 방문에 제가 그토록 놀라고 하루 종일 안절부절못했는지, 어째서 그토록 얼굴을 붉혔는지, 어째서 손님을 제대로 맞이하지 않고 우물쭈물하다가 그렇게 보내게 되었는지 알고 싶다는 거죠?"

"네, 그래요. 바로 그 말이에요. 그런데 잠깐만요, 당신의 이야기는 참으로 훌륭해요. 하지만 그렇게 복잡하게 말하지 말고, 알아듣기 쉽게 해 주실 수는 없나요? 당신은 마치 어려운 책을 읽는 것처럼 말씀하고 계세요."

"나스첸카!"

나는 가까스로 웃음을 참으며 엄숙하고 근엄한 목소리로 대답했다.

"나스첸카, 저도 제 말이 조금 어렵다고 생각합니다. 제 잘못입니다. 하지만 저는 다른 식으로 말할 줄을 모릅니다. 왜냐고요? 저는 지금 일곱 개의 봉인이 붙여진 항아리에 오랫동안 갇혀 있다가, 간신히 그 봉인을 뜯고 나온 솔로몬 왕의 영혼이 된 것과 마찬가지입니다.

나스첸카! 우리는 오랜 이별 뒤에 다시 만난 두 영혼이에요. 저는 당신을 이미 오래전부터 알아 왔습니다. 나스첸카, 저는 이미 오랫동안 누군가를 찾아 헤매고 있었습니다. 제가 찾고 있었던 사람이 바로 당신이며, 우리의 만남을 운명이라고 믿기 때문에 이렇게 말씀드리는 겁니다.

지금 제 머릿속에서 수천 개의 뚜껑이 활짝 열렸습니다. 그러니 그 안에 들어 있던 말들이 강물처럼 흘러나오지 않을 수 없습니다. 그러지 않으면 제 머리는 둑이 무너지듯 터져 버리고 말 것입니다. 그러니 제발 저를 말리지 마세요, 나스첸카. 그냥 제 말을 들어 주세요. 그러지 않으면 저는 아무 말도 하지 못할 겁니다."

"알았어요. 그러니 제발 흥분을 가라앉히고 차근차근 말씀해 주세요! 이제부터 아무 말도 하지 않고 듣기만 할게요."

"나스첸카! 하루 중, 제가 무척이나 좋아하는 시간이 있습니다. 그 시간은, 하루의 일과를 끝내고 휴식을 위해 집으로 돌아가는 밤 시간입니다. 사람들은 저녁 식사의 즐거움과 남아 있는 자유로운 시간에 관한 색다르고 즐거운 계획을 떠올리며 집으로 향하겠지요.

이 시간에는 우리의 주인공도 ― 이렇게 3인칭으로 말하는 걸 이해해 주십시오. 나스첸카, 이 모든 것을 1인칭으로 말하려니 너무 쑥스러워서 그렇습니다. 우리의 주인공도 이 시간에 할 일이 전혀 없는 건 아닙니다만, 그도 다른 사람들을 좇아 어슬렁거리며 거리로 나옵니다. 그의 얼굴은 조금 창백하고 피곤에 지쳐 보이지만, 만족하는 듯한 미소가 어려 있습니다.

그는 차가운 이 도시의 하늘에서 서서히 스러져 가는 황혼을 유심히 바라봅니다. 바라본다고 말하긴 했지만, 사실은 바라보는 게 아닙니다. 짜증스러운 일과를 끝냈다는 홀가분함 속에서 좀 더 흥미로운 어떤 일에 대해 골몰하며 무의식적으로 관조하는 것에 불과합니다. 그는 내일까지 지긋지긋한 '업무'에서 해방되었다는 사실을 아이처럼 기뻐합니다. 그 모습을 한번 상상해 보십시오, 나스첸카. 그 기쁨의 감정이 그의 연약한 가슴과 병적인 상상력에 얼마만큼 행복한 영향을 미치고 있는지를 이내 알게 될 겁니다.

그가 그토록 골똘히 생각하는 것은 무엇일까요? 오늘 저녁 메뉴에 관해서? 아니면 오늘 저녁 동안 할 일에 대해서? 그가 그토록 뚫어지게 바라보는 것은 무엇일까요? 화려한 마차를 타고 지나가는 우아한 귀부인에게 마치 연극처럼 경의를 표하는 풍채 좋은 신사를 바라보는 걸까요? 아닙니다. 그런 사소한 일들에 관심을 갖는 것이 아닙니다.

나스첸카, 그는 이미 자신만의 특별한 삶의 방식을 찾은 것이 분명합니다. 그의 앞에서 꺼져 가는 태양의 마지막 광채가 반짝이는 것은 물론이고, 환상 속의 여신이 그 섬세한 손길로 황금의 날실을 짜기 시작합니다. 또한 한 번도 본 적이 없는 기묘한 삶의 문양을 그의 앞에 펼쳐 놓기 위해 다가옵니다. 어쩌면 여신은 그를 들어 올려 일곱 번째 하늘에 있는 수정궁으로 데려갈지도 모릅니다.

그를 멈춰 세우고 한번 물어볼까요? 지금 있는 곳이 어딘지, 어떤 거리를 지나가고 있는지를……. 틀림없이 그는 아무것도 기억하지 못하고 얼굴을 붉힐 겁니다. 어떤 점잖은 할머니가 그를 불러 세우고 길을 좀 가르쳐 달라고 정중하게 물었을 때, 그가 부르르 떨면서 비명을 지르다시피 하며 주위를 둘러보는 것도 그 때문입니다.

그는 얼굴을 찡그린 채 앞으로 계속 걷습니다. 지나가는 사람들이 그를 쳐다보며 웃거나 돌아보아도 눈치채지 못합니다. 그리고 조그만 계집애가 눈을 동그랗게 뜨고서 앙증맞은 미소를 지어 보이며 손짓을 하다가, 겁에 질려 물러서는 것도 알아채지 못합니다.

그러나 그는 무의식 속에서 그 모든 것을 보고 있습니다. 길을 묻는 할머니도, 호기심 많은 행인과 앙증맞은 계집애도……. 심지어는 폰타카를 가득 메우고 있는 거룻배에서 저녁을 먹는 농사꾼들까지도 제멋대로 자신의 날개에 태웁니다. 모든 사람,

모든 사물을 마치 거미줄에 걸린 파리처럼 자신의 화폭에 장난스럽게 그려 넣습니다.

그 괴짜는 그날의 새로운 수확과 함께 꿈결처럼 자기 집으로 들어와 식탁에 앉습니다. 그러다가 하녀 마트료나가 식탁을 다 치운 다음 그에게 파이프를 건네줄 때에야 퍼뜩 정신을 차립니다. 제정신으로 돌아온 그는 자신이 이미 식사를 끝냈다는 걸 그제야 깨달으며 내심 놀랍니다. 여태까지의 과정을 아무리 떠올려 보려 해도 전혀 생각이 나지 않기 때문입니다.

방 안은 이미 어두워졌습니다. 그의 가슴엔 알 수 없는 허전함과 서글픔이 깃듭니다. 그의 주위에서 몽상의 왕국이 무너져 버렸기 때문입니다. 아무 흔적도 없이, 소리도 없이, 파편도 없이…….

그러나 그는 자기가 무슨 꿈을 꾸었는지 기억하지 못합니다. 그런데 그의 가슴을 쓰라리게 하고 흥분시키는 어떤 어두운 감정, 어떤 새로운 욕망이 그를 유혹하듯 자극합니다. 그것이 폐허가 된 공상의 왕국을 다시 짓기 위해 벽돌을 나르기 시작합니다.

작은 방 안에는 정적이 감돌고 있습니다. 고독과 게으름이 공상을 한껏 부추깁니다. 공상에 살짝 불이 붙는가 싶더니, 바로 옆 부엌에서 평화롭게 늙은 하녀 마트료나가 커피를 타기 위해 끓이는 주전자 속에 든 물처럼 보글보글 끓어오릅니다. 이제 그것은 슬그머니 폭발하고, 그가 심심풀이로 아무 데나 펼쳐서 들고 있던 책이 손에서 떨어집니다. 세 페이지도 채 못 읽었는데 말입니다.

그의 새로운 공상의 세계, 그 새롭고 매혹적인 삶이 그의 앞에서 환하게 열립니다. 새로운 꿈, 새로운 행복이 말입니다! 그것은 섬세하고 황홀한 독약입니다. 도대체 그에게 현실은 어떤 의미가 있을까요? 공상의 포로가 된 그의 눈에 어떻게 비칠까요?

나스첸카, 우리는 게으르고 무력하며 생기 없는 삶을 살고 있지 않습니까. 그의 눈으로 보면, 우리는 모두 자신들의 운명을 탓하고 삶을 지겨워하고 있는 것이 분명합니다. 사실, 우리 주변에 있는 것은 모조리 냉랭하고 침울하고 마치 분노에 찬 것처럼 보이지 않습니까?

현실은 너무나 불쌍한 사람들로 가득 차 있다는 몽상가의 생각이 그렇게 이상한 것일까요? 그렇지 않습니다. 그렇게 생각하는 것도 무리가 아닐 겁니다.

그의 눈앞에 그토록 매혹적으로, 그토록 변화무쌍하게, 그토록 광대무변하게 펼쳐지는 마술 같은 환상들을 보십시오. 그 마술 같은 생생한 화폭에서 전경을 차지하는 중심인물은 누구일까요? 물론 그 자신, 우리의 몽상가입니다. 보세요, 얼마나 다양

한 사건들이 펼쳐지는지, 환희에 찬 몽상의 대열이 얼마나 끝없이 이어지는지…….

어쩌면 당신은 이렇게 물을지도 모릅니다. 당신은 무엇에 관한 꿈을 꾸느냐고. 하지만 그걸 알아서 무얼 하겠습니까. 이 세상의 모든 것, 이 세상 밖의 모든 것이 꿈인데…….

처음에는 인정받지 못하다가 계관시인이 된 호프만(E. T. A. Hoffmann, 1776~1822, 독일 낭만주의를 대표하는 작가)과의 우정, 성 바르톨로메오 축일(8월 24일)의 밤, 디아나 베르논(영국 소설가 월터 스콧의 작품 '로브 로이'에 등장하는 인물), 이반 바실리예비치('폭군 이반'으로 더 잘 알려진 중세 러시아의 포악한 황제. 카잔과 아스트라한 등을 점령하여 러시아의 영토 확장에 기여한 인물)의 공적, 클라라 모브라이(월터 스콧의 작품 '성 로난의 샘'에 등장하는 인물), 유피아 덴스(월터 스콧의 작품 '미들로시언의 심장'에 등장하는 인물), 대승정의 집회와 그들 앞에 선 후스(J. Huss, 1369~1415), 가극 '로베르트'(베를린 태생의 작곡가 마이어베르(G. Meyerbeer, 1791~1864)의 환상 오페라 '악마 로베르트'를 가리킴)의 음악을 기억하시죠? 죽은 자들의 폭동은 묘지의 퀴퀴한 냄새가 나지 않습니까? 민나와 브렌다(월터 스콧의 작품 '미들로시언의 심장'에 등장하는 인물), 베레지나 강의 전투, 이런 것들을 저는 꿈꿉니다. V. D. 백작 부인(A. 보론초바야 다쉬코바 백작 부인을 가리킴, 1818~1856)의 살롱에서 낭독하는 시, 당통(G. Danton, 프랑스 혁명의 주역, 1759~1794), 클레오파트라와 그녀의 연인(알렉산드르 푸시킨(1799~1837)의 소설 '이집트의 밤'에 삽입된 모티브), '콜롬나의 작은 집'(푸시킨의 해학적인 장시의 제목)…….

그리고 겨울밤 자기만의 공간에서 지금 당신이 내 말을 듣고 있는 것처럼, 곁에서 눈을 동그랗게 뜨고 감탄하면서 내 이야기를 들어 주는 아름다운 소녀, 이런 것들입니다.

내 작은 천사여……. 아니, 아닙니다.

나스첸카! 저 게으르고 나약한 인간에게는, 우리가 어우러져서 사는 이 현실의 삶이 얼마나 참담하게 여겨지겠습니까. 그는 자신에게도 언젠가 서글픈 시간이 닥칠지 모른다는 걸 예측하지 못합니다. 그러나 그에게도 반드시 비참한 슬픔의 순간이 찾아옵니다.

그는 이 비참한 생활 중 하루를 위해 자신의 모든 환상적 세월을, 그것도 무슨 기쁨이나 행복을 위해서가 아니라 그냥 내버려야 한다는 것을 상상하지 못합니다. 따라서 그 슬픔과 회한이 물밀 듯이 밀려오는 고뇌의 시간에도 그는 선택을 원치 않을 겁니다.

더구나 그러한 순간이 아직 닥치지 않았으니 그는 아무것도 아쉬울 게 없습니다. 왜냐하면 그는 모든 욕망을 초월해 있고, 모든 걸 갖추고 있기 때문입니다. 또한 그는 충만된 삶을 살고 있고, 자신의 삶을 매순간 자신이 원하는 대로 창조할 수 있는 예술가이기 때문입니다.

그리고 사실 이 동화 같은 환상적 세계는 아주 자연스럽게 떠오르지 않습니까! 마치 삶 전체가 감정의 자극이나 신기루가 아니라, 실제로 현실에 존재하는 본질적인 것이라고 믿고 있다는 겁니다!

나스첸카, 말씀해 주세요. 어째서 그런 순간에는 영혼이 죄어드는 느낌이 드는 걸까요? 마치 어떤 마법에 걸린 것처럼 몽상가의 맥박이 빨라지고, 눈에서 눈물이 샘솟고, 눈물에 젖은 창백한 두 뺨이 달아오르면서, 그의 존재 전체가 형언할 수 없는 기쁨으로 가득 차는 것은 무슨 까닭일까요?

잠들지 못한 기나긴 밤이 무한한 기쁨과 행복 속에서 찰나처럼 지나가고, 새벽을 알리는 붉은 햇살이 온통 창문에 어른거릴 때면, 우리의 몽상가는 기진맥진한 몸을 침대에 던집니다. 그러고는 강렬하게 전율하는 영혼의 환희에 가슴을 두근거리며, 혼절이라도 하듯이 감미로운 고통을 끌어안고 잠 속으로 빠져드는 이유가 무엇일까요?

나스첸카, 이쯤 되면 당신도 그것이 현실처럼 여겨지지 않습니까. 그의 영혼을 걷잡을 수 없이 뒤흔드는 것은 진실한 정열이라고 생각되지 않습니까. 그의 보이지 않는 꿈속에는 무언가 살아 있는 것, 손에 잡히는 것이 있다는 것을 믿게 될 겁니다.

하지만 그것이 얼마나 터무니없는 망상입니까? 예를 들어 말하겠습니다. 사랑이 그 모든 무한한 기쁨과 고통을 동반하고 그의 가슴을 파고든다면……. 그것은 그의 모습을 한 번 쳐다보기만 해도 확인할 수 있을 겁니다!

나스첸카, 당신이라면 그가 극도로 격렬한 몽상 속에서 죽을 만큼 사랑하는 여인을 한 번도 마주친 적이 없다는 사실을 믿을 수 있습니까? 그는 그 여자를 환영 속에서만 본 것일까요? 그의 열정 또한 단지 공상에 불과한 것일까요?

혹시…… 그들은 아주 오래전부터 손을 맞잡고 같은 삶을 살아온 것은 아닐까요? 세상과는 상관없이, 오직 자신들만의 세계를 지키면서 말입니다.

밤이 깊어 헤어져야 할 시간이 다가왔을 때, 그의 가슴에 안겨 통곡하고 번민하며…… 요동치는 폭풍우 소리나 자신의 속눈썹에서 눈물을 거둬 가는 바람 소리도 느끼지 못한 채…… 서러움의 격정 속에 잠겨 있던 것은 과연 그녀가 아니었을까요?

정말 이 모든 것이 꿈이었던 걸까요? 인적이 끊긴 저 거칠고 황량한 정원, 이끼 낀 샛길이 여기저기 뚫린 쓸쓸하고 적막한 정원까지……. 그들은 종종 그곳을 거닐며 희망을 품기도 하고, 두려워하기도 하면서…… 서로를 오래도록 그리워했는데 말입니다. 그녀가 오랫동안 늙고 까다로운 남편과 살면서 고독과 서러움으로 괴로워했던 해묵은 저택도 꿈이었을까요? 언제나 무뚝뚝하고 성마른 남편의 위협 앞에서 고통스러워했던 그들의 사랑은 얼마나 순결했던가요. 나스첸카, 그러나 세상 사람들은 얼마나 사악하고 심술궂은지 모릅니다.

그런데…… 오랜 세월이 흐른 뒤 그가 만났던 것은 정말 그녀가 아니었단 말입니까. 한낮의 태양이 작열하는 이국의 하늘 아래서, 경이로운 영원의 도시 로마에서, 가면무도회의 광채 속에서, 귀를 찢을 듯한 음악 소리 속에서, 불꽃의 바다에 잠긴 궁전에서 만났던 그녀 말입니다.

그들은 장미 나무로 둘러싸인 바로 그 발코니에서 다시 만났습니다. 그를 알아본 그녀는 재빨리 가면을 벗고 속삭였습니다.
"저는 이제 자유의 몸이에요."

그녀는 온몸을 파르르 떨면서 그의 품속을 파고들었습니다.

그들은 부둥켜안고 행복한 비명을 질렀습니다. 그리고 한순간 슬픔도, 이별도, 모든 고통도…… 머나먼 조국에 있는 해묵은 저택과 늙은 남편, 그리고 황량한 정원도 잊었습니다.

그리고 그녀가 열정적인 마지막 입맞춤을 나눈 뒤, 혼을 앗아

갈 듯한 고통으로 딱딱하게 굳은 그의 품속에서 몸을 빼던 모습을 상상해 보십시오.

나스첸카, 당신도 이제 이해하시겠죠. 그때 초대받지 않은 친구가 들어옵니다. 훤칠한 키의 건장한 청년이 당신 방문을 벌컥 열어젖히며 아무 일도 없었다는 듯이 "지금 막 파블로프스크(페테르부르크에서 남쪽으로 25킬로미터 떨어진 작은 휴양 도시)에서 도착했다네." 하고 외친다면, 기분이 어떨 것 같습니까?

마치 옆집 정원에서 훔쳐 온 사과를 막 호주머니에 쑤셔 넣은 꼬마처럼 얼굴을 벌겋게 붉히면서, 당신은 자리에서 벌떡 일어날 겁니다.

그런데 도대체 이게 무슨 일입니까? 늙은 백작은 죽었고, 형언할 수 없는 행복이 이제야 비로소 나를 찾아왔는데, 난데없는 방해꾼이 나타났으니 말입니다."

나는 비장한 표정을 지으며 이야기를 마쳤다.

*

나는 조금 무리를 해서라도 웃음을 터뜨리고 싶어 미칠 지경이었다. 왜냐하면 이미 어떤 심술궂은 작은 악마가 내 안에서 꼼지락거리고 있음을, 이미 목구멍이 간질거리고 아래턱이 경련을 일으키기 시작했음을, 그리고 내 눈에서 점점 더 흥건하게 물기가 돌고 있음을 느꼈기 때문이다.

나는 두 눈을 동그랗게 뜨고서 내 이야기를 듣고 있던 나스첸카가 어린애처럼 즐거운 목소리로 웃어 주기를 기대했다. 그러나 그녀는 짙은 속눈썹을 깜빡이며, 내 이야기를 중간에서 자르는 법 없이 조용히 들어 주었다.

나는 오래전부터 내 심장 속에서 부글부글 끓고 있던 그 모든 것을 마치 책을 읽는 것처럼 말해 버렸는데, 이야기가 너무 깊이 들어간 것 같아 까닭 모를 후회가 뒤늦게 밀려왔다.

나는 이미 오래전에 나 자신에 대한 판결을 마련하고 있었던 터라, 그것을 말하지 않고는 견딜 수가 없었다. 또한 그 누구도 나를 이해해 주리라는 것을 기대하지 않았다. 그런데 후회라니…….

한참 동안 조용히 있던 그녀가 살며시 내 손을 잡으며 조심스럽게 물었다.

"정말로…… 당신은 여태껏 줄곧 그렇게 살아오셨나요?"

"그래요, 나스첸카. 그리고 모르긴 몰라도 앞으로도 이렇게 살다 죽을 겁니다."

나는 어린아이처럼 순순하게 대답했다.

"그건 말도 안 돼요. 그런 일은 없어야만 해요. 만일 그렇다면…… 저 역시도 할머니 곁에서 평생을 살아야 할 테니까요. 그런 식으로 사는 것이 좋지 않다는 건 당신도 알고 계시죠?"

그녀는 불안한 목소리로 말했다.

"알고 있습니다, 나스첸카. 너무나 잘 알고 있어요."

나도 치밀어 오르는 감정을 억제하지 못하고 큰 소리로 대답했다.

"내 삶의 중요한 시기를 헛되이 잃어버렸다는 걸, 지금은 그 어느 때보다도 잘 알고 있습니다! 이제야 나는 그걸 깨닫게 된 것입니다. 그리고 알기 때문에 더욱 고통스럽습니다.

왜냐하면 하느님께서 그걸 말해 주고 증명해 보이기 위해 착한 천사인 당신을 내게 보내 주신 것입니다. 지금 당신과 나란히 앉아서 이야기를 하다 보니, 다가올 미래가 갑자기 두렵게 여겨집니다.

왜냐고요? 미래는 또다시 곰팡내 나는 쓸모없는 삶과 고독의 연속일 테니까요. 하지만 이렇게 당신이 곁에 있어 주시니 참으로 행복하답니다. 이제 새삼스럽게 공상에 빠질 일도 없겠지요? 나스첸카, 항상 하느님의 은총이 당신과 함께하길 빌겠습니다.

당신은 참으로 상냥하시군요. 이렇게 나를 쫓아 버리지 않으신 걸 보면······. 그리고 저는 지금까지 살아온 시간들 중에서 가장 보람 있고 행복했던 시간이 당신과 함께한 이틀이었다는 것을 늘 잊지 않고 기억할 겁니다."

나는 더 이상 내 감정을 억제하지 못하고 흥분해서 말했다.

"아, 아니에요. 더 이상 그렇게는 안 될 거예요. 이런 식으로 헤어지지 않을 거예요! 두 밤이라니⋯⋯ 말도 안 돼요."

나스첸카가 소리치며 고개를 떨어뜨렸다. 그녀의 눈에서 작은 눈물방울이 반짝이는 듯했다.

"나스첸카, 당신은 아십니까? 앞으로 얼마나 오랫동안 당신이 나를 나 자신과 화해시켜 주실지······. 이젠 예전처럼 나 스스로를 비하하는 일은 없을 겁니다.

제가 무언가 과장을 한다고는 생각지 마십시오. 절대 그런 생각은 마십시오. 나스첸카, 저는 걸핏하면 우울해지곤 했습니다. 그런 순간이면, 저는 정상적인 생활을 해 나가는 것이 어렵다는 생각을 하곤 했습니다. 현실적인 것에 대한 모든 감각과 요령을 상실했다고 느꼈기 때문입니다.

그리고 며칠이 지나면 환상은 사라지고, 내게 이미 무시무시한 각성의 시간이 닥쳐옵니다. 그러는 사이에 세상 사람들은 삶의 회오리바람을 타고 빙글빙글 돌아가며 북적댑니다. 사람들이 사는 모습이, 현실에서 사는 모습이 보이고 들립니다. 그들의 단조로운 생활과 저속한 꿈과 환상이 말입니다.

그런데 그런 것들을 소중하게 여기는 사람들의 마음을 이겨낼 수 없다는 절망감이 나를 사로잡을 때마다 환상의 세계로 도망치곤 했던 저의 비겁함이 저를 두렵게 합니다.

하지만 우수 속에 무슨 환상이 있겠습니까! 환상도 마침내 지쳐 버린다는 걸 느낍니다. 누구나 어른이 되면, 자신이 과거에 품었던 이상에서 벗어나기 마련이니까요. 그 이상들은 산산조각 부서져 가루가 됩니다.

만일 다른 삶이 없다면, 몽상가는 잿더미를 뒤질 것입니다. 거기서 조그만 불씨라도 찾아내어 스스로를 위로해야 하니까요. 영혼은 뭔가 다른 것을 끊임없이 요구합니다. 과거에 그토록 다정했던 모든 것, 영혼을 감동시켰던 모든 것, 피를 끓게 하고 눈물짓게 하던, 그리고 그토록 찬란하게 그를 기만했던 모든 것을 가슴속에 다시 살아나게 하려는 겁니다.

나스첸카, 당신은 지금 내가 이 도시의 어두운 골목을 헤매고 다니는 것을 알고 계시죠? 나는 내 감각의 기념일을 지내야 할 정도까지 되었습니다. 과거에 그토록 행복했던 장소와 시간들, 그리고 기억의 조각들을 찾아다니는 것이지요. 그러나 사실은 한 번도 존재했던 적이 없었기에, 기념식은 어리석고 허황된 몽상을 따라 거행됩니다. 그래도 해야 하는 이유는 이 어리석은 몽상이 존재하지 않는 것이며, 그 무엇으로도 그것들을 쫓아낼 수 없기 때문입니다.

나스첸카! 사실 지금도 나는 과거에 나름대로 행복을 느꼈던 장소들을 기억해 내고는 일정한 시간에 그곳을 찾아가곤 합니다. 누구나 돌이켜 보면, 지나간 과거는 행복했다고 생각되지 않습니까. 그리고 마치 그림자처럼 까닭 없이, 목적도 없이 우울할 때면 도시의 골목골목과 거리를 싸돌아다닙니다. 그러고 보면 회상의 힘이란 참으로 대단한 거죠!

이를테면 이런 것이 생각납니다. 바로 일 년 전, 바로 이때, 이 순간, 이 장소에서 지금처럼 우울하게 이 거리를 걷고 있었다는 것 말입니다. 또 이런 것도 떠오릅니다. 옛날이라고 해서 뭐 더 나은 것도 없었건만, 그래도 그때는 사는 게 왠지 좀 더 홀가분하고 좀 더 평화로웠다는 생각 말입니다. 왜냐하면 그때는 지금 내게 달라붙어 있는 이 어두운 상념들이 없었으니까요. 밤이고 낮이고 간에 한시도 내게 평화를 주지 않는 이 암울하고 쓸쓸한 느낌이 그때는 없었으니까요.

나는 스스로에게 이렇게 묻곤 합니다.

'그래, 너의 꿈은 지금 어디 있는가?'

그런 다음 고개를 휘휘 저으며 이렇게 말합니다.

'세월은 얼마나 빨리 흘러가는가?'

그리고 또다시 묻습니다.

'그래, 너는 이 세월 동안 무엇을 했는가? 너의 황금 같은 세월을 어디다 묻어 버렸는가? 과연, 너는 진정으로 살아 있었던 것이냐?'

그런 다음 스스로에게 말합니다.

'조심해라. 세상은 점점 냉혹해지고 있다. 몇 년 더 지나면 또 우울한 고독이 뒤따를 것이 분명하다. 지팡이를 짚고 다리를 부들부들 떨면서 걷는 늙음이 찾아오겠지. 그리고 그 뒤에는 우수와 권태가 뒤따를 거야. 너의 환상 세계도 빛을 잃고 말 거야. 그리고 꿈은 시들어 낙엽처럼 떨어지고, 마침내 흔적도 없이 사라져 버리겠지……'

아, 나스첸카! 혼자, 오직 자신만이 홀로 남아 견딘다는 것은 정말 슬픈 일입니다. 심지어 아쉬워할 그 무엇조차 갖지 못했다는 것은……. 잃어버렸다고 생각하는 모든 것도, 지금 가지고 있다고 여기는 모든 것도, 사실은 아무것도 아니잖습니까. 모든 것이 스쳐가는 그저 한낱 꿈에 불과한 것이니까요!"

"제발 더 이상 저를 슬프게 하지 마세요! 이걸로 이야기를 마치도록 해요! 이제 우리는 절대로 헤어지지 않을 거예요. 어떤 일이 생기더라도 말입니다.

제 얘길 들어 보세요. 저는 단순한 여자예요. 할머니가 가정교사를 구해 주시긴 했지만 배운 게 별로 없어요. 그러나 저는 당신의 이야기를 이해할 수 있어요. 방금 당신이 제게 들려주신 그 모든 걸 저도 경험했기 때문이에요. 핀으로 할머니의 옷에 제 옷자락을 고정시켜 놓았을 때 말이에요. 물론 저는 당신처럼 근사하게 말할 줄 몰라요."

나스첸카가 흐르는 눈물을 닦으며 말했다.

나의 애절한 말과 격정적인 표현에 일종의 존경심을 품고 있는 것처럼, 그녀가 머뭇거리며 덧붙였다.

"그렇지만 당신이 제게 모든 것을 솔직하게 이야기해 주셔서 기뻐요. 이제 당신이 어떤 사람인지 알 것 같아요. 그럼 이번에는 제 이야기를 모두, 하나도 숨김없이 말씀드리고 싶어요. 하지만 제 이야기를 듣고 웃으시면 안 돼요. 당신은 현명하시니까…… 제게 조언을 해 주셔야만 해요."

내가 대답했다.

"아, 나스첸카! 제가 어떻게 현명한 조언을 할 수 있겠습니까. 하지만 보아하니 우리가 앞으로 늘 이런 식으로 산다면, 그것은 참으로 현명한 일이 될 것 같군요. 그렇다면 서로에게 아주 현명한 조언을 해 줄 수 있을 겁니다. 착한 천사, 나스첸카! 어떤 조언이 필요하십니까? 솔직히 말씀해 주세요. 지금 저는 몹시 즐겁고 행복해서 무슨 말이든 막힘없이…… 그러니까 현명하게 조언해 줄 수 있을 것 같습니다."

나스첸카가 웃으면서 내 말을 막았다.

"아니, 아니에요! 제게 필요한 건 그냥 현명한 조언이 아니에요. 아주 오랫동안 저를 사랑해 온 형제처럼, 진심에서 우러나오는 조언이 필요해요!"

나는 기뻐서 소리쳤다.

"알았습니다. 나스첸카, 그렇게 해요! 제가 당신을 20년 동안 사랑해 왔더라도, 지금보다 더 사랑하지는 못할 거예요!"

나스첸카가 말했다.

"자, 손을 주세요!"

내가 그녀 앞으로 손을 내밀었다.

"자, 여기!"

"그래요, 우리 악수해요. 그럼, 지금부터 제 얘기를 시작할게요."

☆

"제 얘기의 절반은 당신도 이미 알고 계세요. 제게 할머니가 계시다는 걸 아시니까요……."

"나머지 절반도 그렇게 간단한 얘기라면……."

나는 웃으며 그녀의 말을 가로막았다.

"먼저 다짐을 받아 두고 싶은 것이 있어요. 절대로 제 얘길 가로막지 마세요. 그러지 않으면 저는 어쩜 당황할지도 몰라요. 그냥 잠자코 들어 주세요.

제겐 매우 연로하신 할머니가 한 분 계세요. 부모님이 다 일찍 돌아가셨기 때문에 저는 아주 어렸을 적에 할머니 손에 맡겨

졌어요. 당시에 할머니는 꽤 부자였나 봐요. 지금도 옛날의 좋은 시절을 되새기는 얘길 자주 하시거든요.

할머니는 저에게 프랑스 어를 가르쳐 주시고, 가정 교사까지 붙여 주셨어요. 하지만 제가 열다섯 살이 되었을 때 ─ 지금은 열일곱입니다. ─ 공부는 끝이 났어요. 제가 한눈을 팔았기 때문이에요. 무슨 일이 있었는지 말씀드리지 않겠어요. 그냥 대수롭지 않은 일이었으니까요.

어느 날 아침 할머니가 저를 부르시더니, '앞이 안 보여서 너를 제대로 돌볼 수가 없구나.' 하시며 핀으로 당신 옷에 제 옷자락을 고정해 놓으셨어요. 그러시면서 제가 행실을 바로잡지 않으면, 평생을 그런 식으로 살아야 된다고 말씀하셨어요.

간단히 말해서, 처음에는 아무 데도 갈 수가 없었어요. 일을 하건 책을 읽건 공부를 하건 모조리 할머니 곁에서 해야만 했어요.

한번은 귀가 먹은 우리 집 하녀 표클라를 제 대신 할머니 곁에 앉혀 놓았어요. 마침 할머니가 안락의자 위에서 잠이 들어 있었기에, 제가 꾀를 부린 거죠. 표클라를 제 대신 앉혀 놓고, 저는 근처에 사는 친구 집에 놀러 갔어요. 그러나 이 방법은 실패로 끝나고 말았어요.

제가 집에 돌아오기 전에 할머니는 잠이 깨셨어요. 그리고 제가 그 자리에 앉아 있는 줄만 아시고 무언가를 물어보셨나 봐요. 표클라도 할머니가 무슨 말인가 물어보신다는 건 알았지만 귀가 잘 들리지 않았기 때문에 겁이 났던 모양이에요. 표클라가 생각다 못해 핀을 뽑아 버리고 줄행랑을 쳤어요……."

여기서 나스첸카는 잠시 말을 멈추고 웃음을 터뜨렸다. 나도 따라서 웃었다.

그런데 그녀가 갑자기 웃음을 뚝 그치더니 정색을 하며 말했다.

"부탁이에요. 할머니에 대한 이야기를 할 때는 웃지 마세요. 제가 웃는 건 그냥 우스워서……. 사실 할머니가 그런 상태이고 보니 다른 방도가 없었던 거예요. 게다가 저는 조금은 할머니를 좋아하거든요. 하여튼 그 일로 호되게 혼이 나고는, 그 뒤로는 정말이지 꼼짝도 못하게 되었지요.

참, 아직 말씀을 안 드렸습니다만…… 할머니는 당신 집을 한 채 가지고 계세요. 창문이 세 개밖에 안 달린 아주 작은 목조 건물인데, 할머니 연세만큼이나 오래된 집이에요. 꼭대기에는 다락방이 하나 있어요. 그런데 그 다락방에 새 하숙인이 이사를 왔어요."

"새 하숙인이라면, 그 전에도 하숙인이 있었다는 얘기군요?"

나는 말참견을 했다.

"그래요, 물론 있었어요. 당신보다는 그래도 말을 잘 참는 그런 사람이었죠. 네, 하여간 그 사람은 입도 잘 안 돌아갔으니까요. 버썩 마른 데다 앞도 못 보고 다리까지 저는 노인이었어요. 한마디로 세상 살기가 어려운 분이었는데, 오래 살지 못하고 돌아가셨어요. 그러자 우리는 새 하숙인이 필요하게 되었어요.

우리는 하숙을 안 치고는 살 수 없는 형편이었어요. 월세와 할머니 앞으로 나오는 연금으로 살림을 꾸려 나갔거든요. 새 하숙인은 마치 일부러라도 그런 것처럼 젊은 사람이었어요. 타지에서 온 사람이었죠.

그 사람은 월세를 깎으려 하지 않았기 때문에 할머니는 그 사람에게 방을 내주기로 하셨어요. 그런데 할머니는 저에게 새로 들어온 하숙인에 대해 시시콜콜 따져 물었어요.

'나스첸카야, 어떠냐. 이번 하숙인은 젊은 사람이냐, 늙은 사람이냐?'

저는 거짓말하고 싶지 않았기 때문에 사실대로 말씀드렸죠.

'할머니. 그렇게 젊지는 않지만 그렇다고 노인은 아니에요.'

그러니까 할머니께서 또 물으셨어요.

'용모는 단정하냐? 마음씨는……?'

저는 이번에도 속이고 싶지 않았어요. 그래서 사실대로 대답했죠.

'용모도 단정하고 마음씨도 좋아 보여요, 할머니!'

그러자 할머니는 혀를 끌끌 차시며 이렇게 말씀하시는 거예요.

'아니, 그래 변변찮은 하숙인 주제에 용모가 단정하다니……. 맙소사, 말세로구나, 말세야! 옛날 같으면 어림도 없다.'

할머니는 항상 옛날 타령만 하세요.

'옛날에는 나도 젊었고, 한 인물 했다. 옛날에는 햇볕도 더 따뜻했다. 옛날에는 크림도 지금처럼 빨리 시어지지 않았다.' 등등.

뭐든 옛날이 더 좋았다는 거죠! 저는 앉아서 곰곰 생각해 보았어요.

'할머니는 나한테 대체 무슨 말씀을 하고 싶으신 걸까. 왜 하숙인이 젊었느냐 늙었느냐 꼬치꼬치 캐물으신 걸까?'

그냥 그렇게만 생각하고, 저는 다시 매듭 코의 수를 세고 양말을 뜨기 시작했어요. 그리고 모두 잊어버렸지요.

그런데 어느 날 아침에 하숙인이 저희 방에 찾아왔어요. 방을 도배해 주기로 약속한 것이 어떻게 되었는지 알아보려고요. 할머니는 그와의 대화가 즐거우셨던지 여러 가지 이야기를 나누시다가 갑자기 저에게 말씀하셨어요.

'얘, 나스첸카야. 내 침실에 가서 주판 좀 가져오너라.'

저는 그때 왜 그랬는지 모르지만 얼굴이 온통 새빨갛게 달아올랐어요. 그래서 그만 옷에 핀이 꽂혀 있다는 걸 깜빡 잊고는 벌떡 일어났어요. 하숙인이 눈치 못 채도록 살짝 핀을 뽑아 버려야 했는데, 그만 급히 일어나는 바람에 할머니의 의자가 기우뚱

하며 흔들렸어요. 하숙인이 이제 저에 관한 걸 눈치챘다고 생각하니 얼굴에 모닥불이라도 뒤집어쓴 것처럼 화끈거리더군요.

저는 그 자리에 못이라도 박힌 듯 멈춰 서 버렸어요. 그리고 울음을 터뜨렸어요. 그 순간 어찌나 부끄럽고 창피하던지 그만 죽고 싶을 정도였어요. 그러자 할머니가 소리를 지르셨어요.

'왜 그렇게 멍청하게 서 있는 거냐?'

그렇지만 더욱더 창피해진 내가 꼼짝하지 않고 서 있자, 하숙인은 제가 자기 앞에서 부끄럼을 타고 있다는 걸 알아차리고는 인사를 하고 그대로 가 버렸어요.

그때부터 현관에서 무슨 소리만 나도 저는 당황하기 일쑤였어요. 그 사람이 오고 있다는 생각이 들어, 만약을 대비해서 몰래 핀을 뽑아 버리곤 했어요. 하지만 번번이 그 사람이 아니었어요. 그 사람은 한 번도 오지 않았어요.

그렇게 두 주일이 지나갔어요. 그런데 하숙인이 표클라를 통해 전갈을 보내 왔어요.

'자기한테 프랑스 책이 많이 있는데, 모두 읽어 볼 만한 좋은 책들이다. 할머니께서도 심심하실 텐데, 손녀딸에게 읽어 달라고 하면 어떻겠느냐?'는 내용이었어요.

할머니는 고맙다는 인사와 함께 그의 제안을 받아들이셨어요. 그렇지만 저에게 그 책들이 도덕적인지 아닌지를 자꾸만 캐

물으셨어요. 만약 부도덕한 책이라면 절대 읽어서는 안 된다는 것이었어요. 나쁜 걸 배우게 된다면서요.

'무엇을 배우게 된다는 거예요, 할머니? 거기 무슨 말이 쓰여 있는데요?'

'그건 말이다, 젊은 놈팡이들이 정숙한 처녀를 유혹하는 얘기지. 결혼하겠다는 구실로 집에서 꼬여 내어 방탕하게 놀다가 나중에는 팔자대로 살라며 그 불쌍한 처녀를 버리는 거지. 그렇게 되면 처녀들이 아주 비참하게 되는 거란다. 얘기가 어찌나 근사한지, 나도 젊었을 때 그런 책을 몰래몰래 밤을 지새우며 읽곤 했다. 하지만 아름다운 말로 사랑 타령을 늘어놓지만, 마무리는 항상 쓰레기 같은 이야기에 불과하지. 나스첸카야, 너는 그런 책을 읽지 않도록 조심해야 한다. 그 작자가 보내온 책은 어떤 것들이냐?'

'전부 다 월터 스콧의 소설이에요, 할머니.'

'월터 스콧의 소설이라! 그러면 됐다. 그런데 거기 무슨 술책이라도 부린 건 아니겠지? 그 자가 무슨 연애편지라도 끼워 넣지 않았는지 들춰 보련?'

'없어요, 할머니. 그런 편지는 없어요.'

'그럼, 표지 뒷면도 살펴보아라. 자고로 그런 작자들은 가끔 겉장 뒤에 끼워 놓기도 한단다. 아무튼 빈틈을 보여서는 안 되

니까.'

'할머니, 표지 뒤에도 아무것도 없어요.'

'그래, 그럼 됐다!'

그때서야 우리는 월터 스콧의 책을 읽기 시작했고, 한 달쯤 지나서는 거의 절반가량을 읽었지요. 그 뒤에도 그 사람은 계속해서 책을 보내 주었어요. 그래서 푸시킨도 읽었고요. 결국 저는 책 없이는 살 수 없게 되었고, 중국 황제한테 시집가는 공상 따위도 그만둘 수 있었어요.

그런데 한번은 그 하숙인과 층계에서 만난 적이 있어요. 할머니가 무슨 일인가 저에게 심부름을 시키셨어요. 그 사람은 걸음을 멈추었고, 저는 얼굴을 붉혔지요.

그 사람도 잠시 얼굴을 붉히는가 싶더니, 이내 웃으면서 인사를 하더군요. 할머니 건강은 좀 어떠시냐고 물었어요. 그리고 말했어요.

'책들은 다 읽었습니까?'

'네, 다 읽었어요.'

그러자 그 사람이 말했어요.

'어떤 책이 가장 마음에 들었습니까?'

'아이반호(1819년에 월터 스콧이 쓴 역사 소설)와 푸시킨이 제일 좋았어요.'

그때는 그게 전부였어요.

일주일 뒤에 저는 또다시 그 사람과 층계에서 마주쳤어요. 이번에는 할머니 심부름이 아니라 저한테 무슨 볼일이 있었어요. 두 시경이었는데, 하숙인은 항상 그때쯤 돌아왔어요.

'안녕하세요!'

'안녕하세요.'

'할머니와 하루 종일 앉아 있는 게 지루하지 않으세요?'

그 사람이 이렇게 물어 오자, 저는 얼굴이 또다시 홍당무처럼 빨개졌어요. 창피스러웠고 또다시 모욕당한 기분이 들었어요. 다른 사람이 제 일에 관해 이러쿵저러쿵 물어보는 게 언짢아서 그랬을 거예요. 대답도 하지 않고 지나가 버리고 싶었지만 차마 그럴 용기가 없었어요.

'여보세요. 당신은 정말 착한 아가씨군요! 이런 식으로 말씀드리는 걸 용서하세요. 하지만 할머니보다는 당신께 마음이 더 쓰이는 걸 어떡합니까. 같이 놀러 다닐 만한 여자 친구도 없습니까?'

'없어요. 마셴카라는 친구가 있긴 하지만, 지금은 프스코프로 떠났어요.'

'실례지만, 저와 극장에 안 가시렵니까?'

'극장이라고요? 할머니는 어떡하고요?'

'그야 뭐, 할머니께는 비밀로 하고……'라고 그 사람이 말했어요.

'안 돼요. 할머니를 속이고 싶지 않아요. 그럼, 안녕히 가세요.'라고 제가 말했어요.

그 사람도 '안녕히 가세요.'라고 인사한 다음 더 이상 아무 말도 하지 않고 다락방으로 올라가더군요.

그런데 식사 후에 그 사람이 다시 찾아왔어요. 그 사람은 자리에 앉아 오랫동안 할머니와 얘기를 나누었어요. 어디 외출은 안 하느냐는 둥 친지는 있느냐는 둥 시시콜콜 묻더니만 갑자기 이렇게 말했어요.

'실은 오늘 제가 오페라의 특별석을 잡아 놓았습니다. '세빌리아의 이발사'를 상연하고 있거든요. 아는 사람들이 저와 함께 가려고 했는데, 나중에 사정이 생겨 못 간다고 하더군요. 그래서 표가 남았습니다.'

'아니, 세빌리아의 이발사라고 했수?'

할머니가 소리를 질렀습니다.

'옛날에 하던 바로 그 이발사 말씀이신가?'

'네, 바로 그 이발사입니다.'하고 그 사람이 말하더니, 저를 흘끗 쳐다보았어요.

저는 그 의도를 알아차리고 얼굴을 붉혔습니다. 제 가슴은 기대로 부풀어 올라 두근거리기 시작했어요.

'그거라면, 모를 리가 없지!'

할머니가 말씀하셨어요.

'옛날에…… 우리 집에서 가족 연극을 할 때, 내가 로지나 역을 맡았거든!'

'그러시다면 오늘 함께 가시겠습니까? 어차피 표는 남는 것이니까요.'

'그럼, 갑시다. 마다할 이유가 없잖소? 우리 나스첸카도 극장에 가 본 적이 한 번도 없는데…….'

아, 그때 저는 얼마나 기뻤는지……. 우리는 즉시 나갈 채비를 했어요. 저는 공들여 잔뜩 모양을 내고 나갔답니다. 할머니는 앞이 안 보이셨지만, 그래도 음악을 듣고 싶어 하셨어요. 게다가 할머니는 좋은 분이셨거든요. 무엇보다도 우리끼리 외출한 적이 없으니까 저를 조금이라도 위로해 주고 싶으셨던 거예요.

'세빌리아의 이발사'가 어떤 감동을 주었는지는 말씀드리지 않겠어요. 단 이건 말씀드릴게요. 그 하숙인이 그날 저녁 내내 다정한 눈길로 저를 바라보며 많은 이야기를 해 주었어요. 아침에 그 사람이 저보고 같이 가자고 했던 것은, 제 마음을 떠보려고 그랬던 거라는 것을 알아차릴 수 있었어요. 어쨌든 저는 무척 즐겁고 행복했어요.

저는 자랑스럽고 즐거운 마음으로 잠자리에 들었어요. 어찌나 가슴이 두근거리던지 흡사 가벼운 열병에라도 걸린 것 같았어요. 밤새도록 '세빌리아의 이발사'에 대해 잠꼬대를 할 정도였으니까요."

*

그녀는 잠시 멈추었다가, 다시 말을 이었다.

"저는 그날 이후 그 사람이 좀 더 자주 찾아올 거라고 생각했어요. 그런데 오히려 정반대였어요. 그 사람은 아예 발길을 끊다시피 하더군요. 한 달에 한 번 정도 들렀는데, 그것도 극장에 같이 가자고 할 때뿐이었어요. 우리는 그 뒤에 두어 번 외출을 했지만, 저는 그것만 가지고는 마음에 차지 않았어요. 그 사람은 제가 할머니 옆에 꼭 붙들려 사는 것이 안쓰러웠을 뿐이며, 그 이상은 아무것도 아니라는 생각이 들기 시작했어요.

그때부터 저는 점점 더 그런 생각에 빠져들었고, 마침내 앉아 있어도 앉아 있는 것 같지가 않았어요. 책을 읽어도 눈에 들어오지 않았고, 일을 해도 손에 잡히지 않는 상태가 계속되었어요. 어떤 때는 웃기도 하고, 안절부절못하다가 할머니께 못된 장난을 치기도 했어요. 또 어떤 때는 그냥 훌쩍훌쩍 울기만 했어요.

마침내 저는 살이 쑥 빠지면서 병자처럼 여위어만 갔어요. 오페라 시즌이 지나가자, 하숙인도 발길을 뚝 끊어 버렸어요. 물론 언제나 같은 그 층계에서지만, 어쩌다 마주치기라도 하면 그 사람은 말하기도 싫다는 듯이 심각한 표정으로 묵묵히 인사를 하고는 현관 쪽으로 휭 하니 가 버렸어요.

저는 층계 중간에 딸기처럼 새빨갛게 되어 우물쭈물 서 있었어요. 그와 만나기만 하면 온몸의 피가 머리 위로 솟구치는 것만 같아서 주체할 수가 없었기 때문이에요.

이제 이야기가 거의 다 끝나 가요.

꼭 일 년 전, 그러니까 지난 5월에 하숙인이 저희를 찾아왔어요. 그리고 할머니께 이곳에서의 볼일을 다 마쳤으므로 다시 모스크바로 가야 한다고 말을 하는 거였어요.

그 얘기를 듣고, 저는 파랗게 질려 죽은 사람처럼 의자에 털썩 주저앉았어요. 하지만 할머니는 아무 눈치도 못 채셨어요. 그 사람은 떠난다는 말을 하고는, 우리한테 인사를 하고 나가 버렸어요.

아아, 나는 어쩌면 좋단 말인가요? 저는 오랜 생각과 번민 끝에 마침내 결심을 했어요.

그 사람은 내일 떠난다, 그러니 오늘 밤 할머니가 자리에 드시고 나면 모든 걸 끝내리라고 마음먹었어요.

그날 밤, 저는 옷가지며 필요한 내의 등을 조그만 보퉁이에 꾸려 가지고는 가슴에 안고 얼이 쑥 빠진 표정으로 하숙인의 다락방으로 갔어요. 늘 다니던 층계를 올라가는데도 왜 그리 힘이 들던지…….

문이 열리자, 그 사람은 저를 보고 외마디 소리를 질렀어요. 아마도 유령이라도 나타난 줄 알았나 봐요. 제가 몸도 제대로 가누지 못하는 걸 보고 그 사람은 서둘러 물을 가져다주었어요.

가슴은 미칠 듯이 방망이질 치고, 머리는 빠개지는 듯 아팠어요. 저는 몸을 지탱하고 서 있기도 힘든 지경이었어요. 정신이 좀 들자, 저는 다짜고짜 보퉁이를 그 사람의 침대에 내려놓고 그 옆에 앉아, 두 손으로 얼굴을 감싼 채 눈물을 뚝뚝 흘리며 울기 시작했어요.

그 사람은 순간적으로 모든 걸 깨달았는지, 창백한 얼굴로 내 앞에 서 있었어요.

어찌나 슬프게 저를 바라보던지 제 가슴이 찢어질 것만 같았어요.

'이봐요. 나스첸카' 하면서 그 사람이 서글픈 어조로 말문을 열었어요.

'나는 아무것도 할 수가 없어요. 나는 가난뱅이인 데다 변변한 직장도 없는 형편이에요. 나는 가진 것이 아무것도 없어요. 당장 제대로 된 방 한 칸도 없잖아요. 우리가 결혼을 한다 해도 살길이 막막하지 않습니까?'

저는 급기야 감정이 폭발하여 눈물을 펑펑 쏟으며 애원했어요.

'할머니와 함께 살 수는 없다, 할머니한테서 도망칠 것이다, 핀으로 묶여 있는 건 정말 싫다. 당신만 괜찮다면…… 모스크바에 같이 가고 싶다. ……당신 없이는 못 살겠다.' 등의 말을 쏟아 놓았어요.

부끄러움과 사랑과 당당함이 일시에 제 안에서 쏟아져 나온 것이지요. 저는 발작을 일으키다시피 하며 침대에 쓰러졌어요. 거절당할까 봐 두려웠던 거예요.

그 사람은 몇 분 동안 잠자코 앉아 있더니, 벌떡 일어나며 제 손을 잡았어요.

'착하고 사랑스러운 나스첸카, 내 말을 들어 봐요.'

그 사람도 역시 울먹거리며 나를 그윽한 눈길로 한참 동안 바라보더니 이렇게 말했어요.

'맹세코, 언젠가 내가 결혼할 수 있게 된다면, 나를 행복하게 해 줄 사람은 오직 당신뿐입니다. 하지만 지금은 어쩔 수가 없어요. 내 말을 잘 들어 봐요. 나는 모스크바에 가서 일 년을 보내야 합니다. 그동안 내 일이 자리가 잡힐 것입니다. 내가 돌아왔을 때 당신이 여전히 나를 사랑한다면, 맹세코 우리는 행복하게 될 겁니다. 하지만 지금 나는 아무것도 약속할 처지가 아닙니다. 그럴 수가 없어요. 그러나 되풀이해서 말하겠지만, 만일 일 년 뒤에 안 된다면 그 뒤에라도 언젠가는 반드시 그렇게 될 겁니다. 물론 그때도…… 당신이 나 말고 다른 사람을 사랑하지 않을 경우에 한해서이지만 말입니다. 나는 그 어떤 말로도 당신을 묶어 놓을 수 없거니와 그렇게 할 용기가 지금은 없습니다.'

그 사람은 이렇게 말하고 그다음 날 떠났어요. 할머니께는 아무 말씀도 드리지 않기로 약속했어요. 그 사람이 그러길 원했거든요.

이제 제 얘기는 거의 다 끝났어요. 정확하게 일 년이 지났습니다. 그 사람은 벌써 돌아왔다고 합니다. 여기에 온 지 사흘이 되었어요. 그런데, 그런데……"

"그런데 어떻게 됐다는 겁니까?"

나는 조마조마해져서 성마르게 소리를 질렀다.

"그런데 지금까지 저한테 아무런 소식이 없어요."

나스첸카는 가까스로 혼신의 힘을 다해서 대답했다.

"아무런 소식도……"

그녀는 말을 멈추고 잠시 소리 없이 있더니 고개를 숙였다.

그리고 갑자기 두 손으로 얼굴을 감싸고 흐느끼기 시작했다. 그 울음소리를 듣자니 내 가슴이 비수에 찔린 것만 같았다.

나는 결말이 이렇게 되리라고는 상상도 하지 못했던 것이다.

"나스첸카! 나스첸카, 제발 울지 마요! 당신이 어떻게 압니까? 그 사람은 아직 여기 도착하지 않았는지도 모르잖습니까."

나는 달래는 듯한 목소리로 머뭇머뭇 말을 꺼냈다.

"왔어요. 왔단 말이에요! 그 사람은 이 도시에 와 있어요. 그건 제가 알아요. 그날, 떠나기 전날 밤에 우린 약속한 게 있어요. 제가 당신께 말씀드린 그 모든 것을 다 말하고서, 우리는 바로 이 제방으로 산책하러 왔어요. 열 시쯤이었어요. 우리는 이 벤치에 나란히 앉아 있었어요. 저는 울지 않았어요. 그 사람과 같이 있다는 사실만으로도 마음이 놓이고 기분이 풀렸으니까요.

그 사람은 모스크바에서 돌아오는 대로 저를 찾아오겠다고 약속했어요. 그리고 제가 거절하지 않는다면 할머니께 모든 걸 말씀드리자고 했어요. 그런데…… 그 사람은 돌아왔는데도 저를 찾아오지 않고 있어요. 아직까지 소식이 없어요. 소식이……."

그리고 그녀는 또다시 흐느끼기 시작했다.

"정말이지 당신의 고통을 덜어 줄 방법이 없는 걸까요? 나스첸카, 말해 봐요. 제가 그 사람을 찾아가 보면 안 될까요?"

나는 절망감에 휩싸여 벤치에서 벌떡 일어나며 소리치듯 말했다.

"그게 가능한 일이라고 생각하세요?"

갑자기 고개를 들면서 그녀가 말했다.

"아니, 물론 아닙니다!"

나는 문득 생각나는 바가 있어 이렇게 말했다.

"그래요. 바로 이겁니다. 편지를 쓰도록 하세요."

"안 돼요. 그건 안 돼요, 할 수 없어요!"

그녀는 이미 고개를 떨어뜨린 채 내 쪽은 쳐다보지도 않으면서 단호하게 말했다.

"어째서 안 됩니까? 왜요? 이봐요, 나스첸카. 편지 말입니다! 편지도 편지 나름 아닙니까. 게다가…… 아, 나스첸카, 나한테 맡겨 봐요. 나쁜 조언은 결코 하지 않을 테니까요. 다 잘될 수 있어요. 당신은 이미 첫발을 내디뎠잖아요. 그런데 이제 와서 새삼스럽게……."

나는 우기듯이 내 생각을 계속 말했다.

"안 돼요, 안 돼요! 그렇게 무리한 부탁은 할 수 없어요. 그건……."

"아, 나의 착한 나스첸카! 절대로 그런 것이 아닙니다. 당신은 당연히 그럴 권리가 있어요. 그가 당신에게 약속을 했기 때문이죠. 이 모든 상황으로 미루어 볼 때, 그는 매우 섬세한 사람입니다. 그리고 올바른 생각을 가진 사람이라는 느낌이 듭니다."

나는 미소를 지어 보이며 그녀의 말을 막았다.

나는 내 자신의 확신과 증거가 논리적인 데 스스로 감격해서 우쭐해진 기분으로 떠들어 댔다.

"그는 어떻게 행동했습니까? 그는 스스로를 약속으로 묶어 두었습니다. 만일 결혼을 하게 된다면 꼭 당신과 하겠노라고 다짐하지 않았습니까. 그러면서도 당신에게는 언제든지 그를 거절할 수 있는 완벽한 자유를 주었습니다. 이런 경우 당신은 첫발을 디딜 수 있습니다. 당신에겐 그럴 권리가 있습니다. 당신이 설령 그를 약속에서 풀어 주고 싶다 하더라도, 당신에게 우선권이 있는 것입니다."

"당신이라면 어떻게 쓰시겠어요?"

"무얼 말입니까?"

"편지 말이에요."

"저라면 우선 이렇게 시작하겠습니다. '경애하는 선생님……'."

"꼭 그래야 하나요. 경애하는 선생님이라고요?"

"물론이죠! 그렇게 하지 말아야 할 무슨 이유라도 있습니까?

제 생각에는…….”

"됐어요, 됐어요! 그다음으로 넘어가요!"

"'경애하는 선생님! 이런 편지를 쓰게 되어 죄송합니다…….' 아니죠, 죄송할 게 뭐가 있습니까. 사실이 모든 걸 말해 주는데. 그냥 단도직입적으로 씁시다.

'이렇게 몇 자 올립니다. 저의 성급함을 용서해 주세요.

그러나 저는 지난 한 해 동안 희망 속에서 행복하게 살아왔습니다. 이제 제가 의혹에 차서 단 하루도 참지 못한다 해서, 그것이 잘못일까요? 어쨌든 드리고 싶은 이야기를 이렇게 편지로 대신하겠습니다.

당신은 이미 돌아와 계십니다. 어쩌면 당신은 이미 마음이 변하셨는지도 모릅니다. 그렇다 하더라도 저는 어떤 불평이나 비난을 하지 않을 겁니다. 제가 당신의 마음을 사로잡지 못한 걸 가지고 어떻게 당신을 비난할 수 있겠습니까. 그게 제 운명인걸요.

당신은 훌륭한 분입니다. 저의 성급한 글을 읽으시며 화를 내시거나 비웃지 마세요. 이걸 쓰고 있는 사람은 고독하고 가엾은 소녀라는 것을 기억해 주세요. 가르쳐 줄 사람도 없고, 조언을 해 줄 사람도 없으며, 한 번도 자기 마음을 추스르는 법을 배운 적이 없는 소녀라는 것을 말입니다.

하지만 제 마음속에 잠깐이나마 의심이 파고든 걸 용서해 주십시오. 당신을 그토록 사랑했고, 또 사랑하고 있는 소녀를 마음속으로나마 모욕할 분이 아님을 잘 알기 때문이에요."

"맞아요. 바로 그거예요! 제 생각과 똑같아요."

나스첸카가 눈에 기쁜 빛을 띠며 소리쳤다.

"아! 당신은 저의 의심을 풀어 주셨어요. 당신은 하느님이 보내 주신 분이 분명해요! 고맙습니다, 정말 고맙습니다."

"무엇이 말입니까? 하느님이 저를 보내 주신 게 말입니까?"

기쁨이 넘치는 그녀의 얼굴을 환희에 차서 바라보며 내가 대꾸했다.

"네, 그 점 하나만 두고서라도."

"아, 나스첸카! 사실 우리는 어떤 사람들과 함께 살고 있다는 사실만으로도 감사하게 생각해야 합니다. 저도 당신이 저를 만나 준 것에 대해, 그리고 제가 평생 당신을 기억할 거라는 데 대해 당신께 감사합니다!"

"그만하세요! 이제 제 말을 좀 들어 주세요. 우리는 이렇게 약속했어요. 그 사람이 이 도시에 도착하게 되면, 즉시 제가 아는 어떤 사람 댁에 편지를 보내 연락을 해 주기로요. 그 댁 분들은 친절하고 소박한 사람들일 뿐만 아니라, 우리 일에 대해서는 아무것도 몰라요. 만약…… 편지를 쓸 수 없을 경우에는, 사실 편지로는 할 말을 제대로 못할 수도 있으니까요. 도착하는 날, 이곳에서 정각 열 시에 만나기로 했어요.

저는 그 사람이 도착한 걸 알아요. 그렇지만 벌써 사흘째 편지도 없고, 그 사람도 나타나지 않았어요. 저는 하루 종일 할머니 곁에서 생활하기 때문에 낮에는 집에서 나올 수가 없어요.

제 편지를 당신이…… 아까 말씀드린 그 친절한 분들 댁에 가져다주세요. 그분들이 곧 그 사람에게 전해 주실 거예요. 답장이 오면 그것도 당신이 직접 밤 열 시에 가져다주세요."

"하지만 편지가 있어야지요. 먼저 편지부터 써야 할 게 아닙니까. 그러자면 내일 모레나 되어서야 일이 될 텐데요."

"편지……. 편지는…… 저……."

나스첸카는 무척 곤혹스러워하며 말을 잇지 못했다.

그녀는 일단 내게서 고개를 휙 돌리더니 장미꽃처럼 붉은 얼굴로 내 손에 편지 한 통을 쥐어 주었다.

얼핏 보기에도 이미 오래전에 쓰인, 완전히 준비가 된, 봉함까지 된 편지였다.

아아, 그 순간 나는 무엇인가가 그리우면서, 이상하게 마음을 즐겁게 해 주는 어떤 생각이 내 머리를 스쳐 지나가는 것을 느꼈다.

"루루루…… 로지-지, 나- 나."

그러면서 갑자기 내 입에서 노래가 흘러나왔다.

"루루루…… 로지-지, 나- 나. 루루루……."

그러자 나스첸카도 환한 얼굴로 내가 부르는 노래를 따라서 했다.

로지나!

나는 기쁨에 넘쳐 그녀를 껴안을 뻔했다.

그녀 또한 더 이상은 그럴 수 없을 만큼 얼굴을 붉혔다. 그녀가 웃을 때 짙은 속눈썹에서 진주 같은 눈물방울이 떨어지고 있었다.

"자, 그럼 이만! 이제 가 봐야겠어요!"

그녀는 내 손을 잡으며 재빨리 말했다.

"여기 편지가 있어요. 주소도 여기 적어 놓았어요. 그럼, 가 볼게요! 안녕! 내일 그곳에서 다시 만나요!"

그녀는 내 두 손을 꼭 잡고 고개를 한 번 까딱하더니, 화살처럼 빠르게 예의 그 골목으로 사라졌다. 나는 그녀의 아름다운 모습이 사라질 때까지 오랫동안 그 자리에 서 있었다.

그녀가 시야에서 사라지자 "내일 다시 만나요! 내일 다시 만나요!"라는 말만 내 머릿속에서 맴돌았다.

☆

 오늘은 비가 구질구질 내리면서 왠지 착 가라앉았다. 빛나는 햇살 대신 빗방울만 주룩주룩 떨어졌다. 마치 인생을 다 산 사람처럼 이상한 상념이 머릿속을 맴돌면서 우울한 감각이 나를 온통 에워싸고 있었다.

 뭔가? 그게 도대체 뭔가? 확신하지 않은 여러 가지 의문들이 쉬지 않고 소용돌이쳤다. 그러나 어쩐 일인지 그것을 해결할 힘도 없고, 그러고 싶지도 않았다. 이 모든 것을 해결한다는 건 내 힘에 부친다는 생각이 떨쳐지지 않았다.

 우리는 오늘 만나지 못했다. 어제 우리가 헤어질 때 구름이 하늘을 덮고 안개가 피어올랐다. 내가 내일은 날씨가 궂을 거라고 말하자, 그녀는 아무 대꾸도 하지 않았다. 자기 마음과 다른 얘기는 하고 싶지 않았기 때문이었으리라. 그녀에게 오늘이란 날은 늘 밝고 화창해야만 하는 것이다. 그 어떤 먹구름도 그녀의 행복을 뒤덮어서는 안 되기 때문이다.

"비가 오면 우린 못 만날 거예요. 제가 나올 수 없거든요."

그녀가 말했다.

사실, 그녀는 오늘 비가 오리라는 것을 상상도 하지 못했을 것이다.

예상한 대로 그녀는 나오지 않았다.

어제는 우리가 세 번째 만난 날이었고, 세 번째 백야(白夜)였다.

그 하얀 밤, 우리의 만남은 경이롭고 신비했다.

사랑이란 어쩌면 그렇게 인간의 마음을 풍요롭고 아름다우며 행복하게 만들어 주는지⋯⋯. 행복한 인간의 심장은 사랑으로 쉽게 끓어오른다. 그리하여 자신의 마음을 모조리 다른 사람에게 털어놓고, 모든 것을 즐겁고 재미있게 받아들이고 싶어 한다. 이 기쁨이란 것이 얼마나 전염성이 강하던지, 애써 엄숙해지려 해도 행복의 미소가 절로 흘러나온다.

어제 그녀의 말투는 아주 부드럽고 다정했다. 그녀의 마음은 나에 대한 호의로 가득 차 있었다. 그녀가 얼마나 내 기분을 맞추어 주고, 응석을 부리고, 내 마음을 달래 주면서…… 지친 나를 위로해 주었던가. 또 용기와 평온함을 안겨 준 그 따뜻한 눈길이라니…….

나는 마법이 가져다준 이 모든 것을 진심으로 받아들였다. 내가 생각하기에, 그녀는…….

아니, 그런데 지금 내가 무슨 생각을 하는 것인가. 어떻게 내가 그런 생각을 할 수 있단 말인가.

이미 모든 것이 다른 사람의 것이고, 이미 모든 것이 내 것이 아닌데……. 나는 정말 그토록 눈이 멀었단 말인가. 나는 진정 몰랐단 말인가.

정작 그녀의 상냥함도, 그녀의 배려도, 그녀의 사랑까지도 실은 다른 사람과의 만남을 앞에 두고 느끼는 기쁨에 지나지 않았던 것을. 자기의 행복을 나에게도 나눠 주고 싶다는 온정에 지나지 않았던 것을…….

그러니 그는 오지 않았다. 우리가 헛되이 기다리다 지쳤을 때, 그녀는 얼굴을 찌푸리며 겁먹은 듯이 머뭇거리지 않았던가.

그녀의 동작 하나하나, 말 한 마디 한 마디는 더 이상 경쾌하지도 명랑하지도 않았다. 그런데 이상한 것은, 그런 순간에 그녀가 나에 대해 몇 배 더 관심을 기울였다는 것이다. 그녀는 자신의 소망이 이루어지지 않을까 봐 너무 두려운 나머지, 자신이 바라는 모든 것을 온통 내게 털어놓는 것만 같았다.

나스첸카가 그토록 겁을 먹고 두려워하는 것을 보자, 나는 그녀가 마침내 내가 자기를 사랑한다는 것을 눈치채고 내 사랑을 가엾게 여기며 동정하는 것이라는 생각이 들었다.

그렇다. 자신이 불행할 때 타인의 불행을 더욱 강렬히 느끼듯이, 그러한 때 오히려 감정이 분산되지 않고 한곳에 집중되는 것이다.

나는 풍선처럼 부푼 마음을 안고 그녀를 만나러 갔다. 만남의 시간까지 도저히 기다릴 수 없는 심정이었다. 나는 지금 내가 느끼는 이 기분을 전혀 예상하지 못했다. 모든 것이 이런 식으로 끝나게 되리라고는 상상도 못했다.

그녀는 무척이나 환한 표정이었다. 그녀는 답장을 기다리고 있었다. 답장은 나 자신이었다. 나는 그녀의 부름에 달려와야만 했다.

그녀는 나보다 한 시간이나 먼저 와 있었다. 처음에는 무조건 깔깔거리면서, 내가 무슨 말을 해도 그냥 웃어넘겼다. 나는 말을 꺼내려다 입을 다물었다.

"제가 왜 이토록 즐거워하는지 아세요? 당신을 만나는 일이 왜 이렇게 기쁜지, 오늘 당신과의 만남이 왜 이렇게 기대되는지……."

그녀가 잔뜩 설레는 듯한 목소리로 말했다.

"글쎄요……."

나는 두근거리는 심장을 애써 누르며 그녀의 대답을 기다렸다.

"당신이 저를 사랑하지 않으시기 때문에…… 제가 당신을 사랑하는 거예요. 만약 다른 사람이었다면, 필요 이상으로 저를 괴롭히고 귀찮게 따라다녔을 거예요. 그 방법도 통하지 않는다면 한숨을 푹푹 내쉬면서 괴로워하다가 병이 났을 거예요. 그런데 당신은 정말 친절하세요!"

그 대목에서 그녀가 내 손을 하도 꼭 쥐는 바람에 나는 하마터면 비명을 지를 뻔했다. 그녀는 행복감에 젖은 목소리로 웃기 시작했다.

"당신 같은 친구가 세상에 어디 있겠어요!"

그러더니 그녀는 갑자기 심각한 표정을 지으며 말을 시작했다.

"맞아요, 하느님이 당신을 제게 보내 주신 거예요! 만일 지금 당신이 제 옆에 없었더라면, 저는 어떻게 됐을까요? 당신은 정말 사심 없는 분이세요! 제가 결혼을 한 뒤에도 우리는 친하게, 오누이보다 더 친하게 지낼 수 있을 거예요. 저는 당신을 그 사람과 똑같이 사랑할 수 있을 거예요. 그 사람만큼……."

이 순간, 왠지 한없는 서글픔이 밀려오면서도 웃음 같은 것이

내 가슴속에서 꼼지락거리기 시작했다.

"당신은 겁을 먹고 있군요. 혹시 그가 오지 않을지도 모른다는 생각으로."

내가 말했다.

"어머, 무슨 그런 말씀을……. 만약 제가 조금만 덜 행복했더라면, 당신이 믿어 주지 않고 비난하는 것을 참지 못하고 울어 버렸을 거예요. 그러나 어쨌든 당신은 정신이 번쩍 나게 해 주셨어요. 그리고 제가 문제의 본질이 무엇인지를 깨닫게 해 주셨어요. 그렇지만 그것은 그다지 중요하지 않아요. 나중에 생각할 거예요. 그래요, 솔직히 저는 제정신이 아니에요. 저는 지금 온통 기대감으로 부풀어 있어요. 그러면서도 왠지 초조해서 마음이 가라앉질 않아요. 아니, 이걸로 됐어요. 이제 감정 얘기는 하지 않겠어요."

그녀가 여전히 안절부절못하며 말했다.

그때 발자국 소리가 들려왔다. 어둠 속에서 우리를 향해 걸어오는 사람의 모습이 어른거렸다. 우리는 둘 다 몸을 부르르 떨었다. 그녀는 비명을 지르다시피 했다. 나는 재빨리 그녀의 손을 뿌리치면서, 그녀에게서 물러서는 듯한 동작을 취했다.

그러나 그건 우리가 잘못 판단한 거였다. 우리가 기다리던 그가 아니었다.

"무엇을 두려워하세요? 어째서 제 손을 급히 뿌리치셨나요?"

그녀가 나한테 다시 손을 내밀며 말했다.

"그러지 않아도 괜찮아요. 우리 둘이 함께 그 사람을 만나는 거예요. 우리가 서로를 얼마나 사랑하는지⋯⋯ 그 모습을 그 사람한테 보여 주고 싶어요."

"우리가 서로를 얼마나 사랑하는지라고요!"

나는 너무나 놀라서 소리를 질렀다.

나는 순간 마음속에 불길이 일어나는 것을 느꼈다. 그 한마디 말에 얼마나 많은 의미가 숨겨져 있는가.

'아, 나스첸카, 나스첸카! 당신의 이 말 한마디가 얼마나 많은 걸 내게 말해 주는지를 아십니까. 어떤 때는 그러한 사랑이 가슴을 얼어붙게 하고 영혼을 무겁게 짓누른답니다. 당신의 손은 싸늘하지만, 내 손은 불같이 뜨겁습니다.

나스첸카, 당신은 정말 눈이 멀었군요! 아, 행복한 인간이란 때론 이렇게 고통스럽기도 한 모양입니다. 그러나 나는 당신에게 화를 낼 수 없습니다.'

마침내 나는 참고 있던 감정이 복받쳐 올라, 소리치듯이 말했다.

"나스첸카! 제가 오늘 하루 종일 무얼 했는지 아십니까?"

"무얼 하셨는데요? 빨리 말씀해 주세요! 어째서 여태껏 아무 말씀도 안 하신 거예요?"

"나스첸카, 저는 당신이 부탁한 일을 모두 끝냈습니다. 당신이 말한 그 친절한 분의 집에도 갔고, 편지도 전해 주었습니다. 그런 다음 집에 돌아와서 잤어요."

"그게 전부예요?"

그녀가 웃으면서 말을 막았다.

"그래요, 이것이 전부입니다."

바보처럼, 눈에서 눈물방울들이 솟구쳤기 때문에 나는 간신히 억제하며 대답했다.

"저는 우리가 약속한 시간보다 한 시간 전에 잠에서 깼습니다. 그런데 도무지 잠을 잔 것 같지가 않았습니다. 어떻게 된 일인지 영문도 몰랐지만, 당신에게 이 모든 걸 얘기해야겠다고 생각했습니다. 나에겐 갑자기 시간의 흐름이 멈춰 버리고⋯⋯ 오직 단 하나의 감정과 단 하나의 감각만이 내 안에 새겨져야 하고, 오직 한 순간만이 영원히 계속되어야 할 것 같은 느낌을 받았습니다. 마치 저의 삶 전체가 정지되어 버린 것처럼⋯⋯.

제가 눈을 떴을 때⋯⋯ 언젠가부터 뇌리에 남아 있던, 전에 어디선가 들은 적이 있지만 까맣게 잊고 있었던 음악의 감미로운 선율이 되살아나는 것만 같았습니다. 그 선율은 오랫동안 제 영혼 안에 갇혀 있다가 지금에서야 빠져나오는 것만 같았습니다."

"도대체 지금 무슨 말씀을 하시는 거예요? 저는 한 마디도 알아듣지 못하겠어요."

나스첸카가 말을 가로막으며 말했다.

"아, 나스첸카! 저는 제가 받은 이상한 느낌을 당신에게 말해주고 싶을 뿐이에요."

나는 아주 희미한 목소리로 대답했다. 하지만 그 목소리에는 아직도 여전하게 희망이 숨겨져 있었다.

"그만, 그만하세요. 이젠 됐어요!"

그녀는 한순간에 내 말의 의미를 깨달았던 것이다. 영악하게도…….

그녀는 갑자기 말이 많아지더니, 명랑하고 장난스럽게 돌변했다. 그녀는 내 손을 붙잡고 유쾌하게 웃으면서, 나까지 웃게 만들고 싶어 했다. 내가 어찌할 줄 몰라 하며 말을 더듬거릴 때마다 그녀는 더욱 높은 소리로 웃으면서 가볍게 대꾸했다.

그런 그녀를 보자, 나는 갑자기 화가 치밀어 오르기 시작했다. 그러자 그녀는 마치 나를 달래듯이 부드러운 목소리로 말을 시작했다.

"저도 사실 당신이 저를 사랑하지 않아서 조금은 화가 나요. 당신은 너무나 고집이 센 사람이에요. 제가 이렇게 솔직한 여자라는 걸 당신도 인정해 주셔야 해요. 저는 뭐든 하나도 숨기는 것 없이 당신께 모조리 털어놓으니까요. 아무리 어처구니없는 생각이 머릿속에 떠오른다 해도 말이에요."

"들어 봐요! 지금 열한 시를 알리는 종소리가 들려오잖아요."

그때 멀리 떨어져 있는 시내의 종탑에서 종소리가 규칙적으로 울려 퍼지기 시작했다.

그녀는 갑자기 말을 멈추고 웃음도 멈추더니, 종소리에 귀를 기울이며 기어 들어가는 소리로 말했다.

"그래요, 열한 시를 알리고 있군요."

나는 그녀에게 종소리를 일깨워 준 것을 후회하면서, 악의에 차서 심술을 부린 나 자신을 저주했다.

그 때문에 상처받았을 그녀가 너무 가엾게 여겨졌다. 어떻게 하면 내 죄를 보상받을 수 있단 말인가.

*

그 사람은 오지 않을 것이 너무나 분명했다.

나는 그가 오지 않은 이유를 찾아내면서, 여러 가지 논거와 이유를 끌어다 붙이며 그녀를 위로해 주었다. 상심에 빠진 그녀를 속이는 건 누워서 떡 먹기만큼 쉬운 일이었다. 그런 경우에 빠진 사람이라면 누구나 어떤 위로의 말이라도 기쁘게 들어 주었을 것이다. 설혹 변명 비슷한 이야기를 해 주어도 기뻐했을 테니 말이다.

나는 유례없이 명석한 내 논증에 스스로 감동한 나머지, 그녀를 달래기 위해 더욱 열을 올렸다.

"일이 정말 우습게 되어 버렸어요. 그 사람이 과연 편지를 받아 보았는지 어떤지도 사실 의심스러워요. 피치 못할 일로 이곳에 오지 못하기 때문에 답장을 쓴다고 해도, 그것은 빨라봤자 내일쯤 도착할 겁니다. 제가 시간 계산을 잘못했던 겁니다.

내일 날이 밝는 대로 그 사람을 찾아가겠습니다. 그리고 당장 알려 드리겠습니다. 아무튼 수천 가지 가능성을 생각해 볼 수 있습니다. 편지가 갔을 때 그 사람이 집에 없었을지도 모르고, 어쩌면 그 사람은 여태껏 편지를 읽지 못했을지도 모르지 않습니까. 별의별 일이 일어날 수 있는 겁니다."

나스첸카가 차분한 목소리로 대답했다

"그래요, 그럴 수도 있겠군요. 제가 생각이 짧았어요. 미처 우리가 생각지 못한 일이 일어날 가능성도 많으니까요."

그녀는 사근사근한 목소리로 말을 계속했다. 그러나 그 목소리에서는 분노에 찬 불협화음 같은 것, 저 멀리 있는 어떤 다른 생각 같은 것이 느껴졌다.

"이렇게 하세요. 가능하면 내일 일찍 가 보세요. 그리고 만일 뭔가를 알았으면 제게 바로 알려 주세요. 제가 사는 곳의 주소는 알고 계시죠?"

그리고 그녀는 자기 집 주소를 되풀이해서 내게 말해 주었다.

그다음부터 그녀는 갑자기 무척이나 싹싹하고 다소곳한 태도로 나를 대하기 시작했다. 내가 말한 것을 진지하게 받아들이는 것 같았다.

그러나 내가 무언가 물어보려고 그녀 쪽으로 몸을 돌렸을 때, 그녀는 당황하면서 나를 외면했다.

나는 그녀의 눈을 살펴보았다. 아니나 다를까, 그녀는 울고 있었다.

"이런, 당신은 마치 어린애 같군요! 어린애처럼……. 자, 그쳐요!"

그녀는 애써 표정을 가다듬으며 미소를 지으려 했지만, 여전히 가슴은 들썩거리고 있었다.

잠시 동안 침묵이 흐른 뒤에 그녀가 침착한 어조로 말했다.

"저는 당신 생각을 하고 있어요. 당신은 정말 친절한 분이세요. 그걸 못 느꼈다면 제가 나무나 돌 같은 여자인 탓이겠죠……. 지금 어떤 생각이 떠올랐는지 아세요? 저는 당신들 두 사람을 비교하고 있었어요. 왜 그 사람은 당신이 아닐까요? 어째서 그 사람은 당신 같지 않을까요? 비록 그 사람을 더 사랑하고 있긴 하지만, 확실히 그 사람은 당신만 못해요."

나는 아무런 대답도 할 수 없었다. 그녀는 내가 무언가 말해주길 기다리는 것 같았다.

"어쩌면 저는 아직 그 사람을 완전히 이해하지 못하고 있는지도 몰라요. 속속들이 알고 있는 것이 아닌가 봐요. 저는 언제나 그 사람을 두려워하고 있었던 것 같아요. 그 사람은 성실하지만, 언제나 너무 진지해서 좀 오만해 보였어요. 물론 겉으로만 그렇지, 가슴속은 저보다도 훨씬 더 부드럽고 따뜻하다는 걸 잘 알지만 말이에요.

그때, 그러니까 제가 보통이를 들고 그 사람을 찾아갔을 때, 그 사람이 질 처다보던 눈길을 잊을 수가 없어요. 그렇지만 어쨌든 저는 지나치게 그 사람을 존경하는 것 같아요. 이건 우리가 대등하지 않다는 걸 말하는 것이겠죠?"

내가 대답했다.

"천만에요, 나스첸카. 그렇지 않아요. 그건 당신이 그 사람을 이 세상 누구보다도, 당신 자신보다도 훨씬 더 사랑하고 있기 때문이에요."

내 말에 천진난만한 나스첸카가 대답했다.

"그래요, 그건 그렇다고 쳐요. 그런데 방금 저한테 어떤 생각이 떠올랐는지 아세요? 지금은 그 사람 얘기가 아니고 그냥 일반적인 얘길 하려는 거예요. 벌써 오래전부터 이런 생각을 해왔거든요.

어째서 우리는 누구나 형제처럼 그렇게 지내지 못하는 걸까요? 아무리 훌륭한 사람이라도 상대방에게 뭔가를 숨기고 있는 것처럼, 마음에 있는 말을 솔직하게 털어놓지 못하는 이유가 무엇일까요?

사람들은 저마다 실제의 자신보다 자신을 더 강하게 보이려고 애쓰는 것 같아요. 자신의 감정을 솔직하게 말해 버리면, 모욕을 당하게 될까 봐 두려워하는 것 같아요……."

"아, 나스첸카! 그건 당신 말이 옳아요. 하지만 거기에는 그럴 만한 이유가 있을 겁니다."

내가 그 어느 때보다도 내 감정을 억누르며 말을 막자, 그녀가 자신의 감정을 적나라하게 내보이며 대꾸했다.

"아니에요, 그게 아니에요! 이를테면 당신은 다른 사람과는 다르잖아요! 사실, 제가 느끼는 것을 당신께 어떻게 말해야 할지 모르겠지만…… 제가 보기에, 당신은…… 지금만 해도……

제가 보기에 당신은 저를 위해 뭔가 희생을 하고 계시는 것이 분명합니다."

그녀는 나를 한 번 흘끗 바라보고 나서 말을 덧붙였다.

"당신께 이런 식으로 말씀드리는 것을 용서해 주세요. 저야 사실 단순한 여자니까요. 아직 세상 경험도 별로 없고, 정말이지 어떤 때는 말하는 법도 잘 몰라요."

그녀는 자신의 은밀한 감정을 드러내 놓았기 때문인지 목소리가 적잖게 떨리고 있었지만, 시종 웃으려고 애를 쓰며 말을 계속 이어 나갔다.

"그렇지만 이것만은 꼭 말씀드리고 싶어요. 제가 느끼는 이런 감정에 대해······ 당신께 진심으로 감사하고 있다는 걸······. 아, 하느님께서 그 점을 알고 계시기 때문에 당신께 틀림없이 축복을 내려 주실 거예요.

당신은 몽상가에 대해서 많은 얘기를 해 주셨지요. 하지만 그건 사실과 진혀 달라요. 즉 제가 말씀드리고 싶은 것은······ 그건 당신과 관계된 일이 아니라는 거예요. 이제 당신의 병은 완쾌되었어요. 당신은 당신 자신이 묘사했던 그런 사람이 전혀 아니에요. 만약 당신이 사랑하는 사람을 만나게 되면, 당신은 분명 행복해질 거예요. 상대 여성 또한 당신 곁에서 행복할 테니까, 그녀를 위해서 따로 뭔가를 기원해 주지 않아도 될 거예요.

저도 여자니까요. 여자인 제가 이렇게 말씀드리는 거니까 당신은 절 믿어 주셔야 해요……."

그녀는 말을 그치고 내 손을 꼭 쥐었다. 나 역시 흥분해서 아무 말도 할 수 없었다.

그렇게 몇 분이 지나갔다.

"아, 그렇군요. 그 사람은 오늘 밤엔 올 것 같지 않군요. 시간이 많이 늦었어요."

그녀가 고개를 들고 말했다.

"내일은 꼭 올 겁니다."

나는 확신에 찬 목소리로 단호하게 말했다.

그녀 또한 다시 명랑함을 되찾으며 덧붙였다.

"그래요, 제가 보기에도 내일쯤 올 것 같네요. 그럼, 이제 그만 가 보겠어요. 내일 뵙도록 해요! 만약 비가 오면 저는…… 어쩌면 못 나올지도 몰라요. 그렇지만 모레는 나올 수 있을 거예요. 무슨 일이 있어도 반드시 나올 거예요. 당신도 꼭 나오셔야 해요. 꼭 나오실 거죠? 당신에게 모든 걸 말씀드리고 싶어요."

그런 다음, 우리는 자리에서 일어났다. 헤어질 때 그녀는 확신에 찬 듯 나를 빤히 바라보더니 다정스럽게 손을 내밀며 말했다.

"이제 우리는 영원히 함께할 거예요. 절대 헤어지는 일은 없을 거예요. 그렇죠?"

아! 나스첸카, 나스첸카! 내가 지금 얼마나 고독하고, 깊은 슬픔에 잠겨 있는지를 네가 안다면······.

시계가 아홉 시를 쳤을 때, 나는 방에 그대로 앉아 있을 수가 없었다. 음산한 날씨였지만 옷을 꺼내 입고 밖으로 나갔다.

나는 우리의 첫 만남 장소로 갔다. 그리고 함께 이야기를 나누던 벤치에 앉았다. 그녀가 살고 있는 동네의 골목 어귀에도 가 보았다. 그러나 부끄러운 생각이 들어서 창문도 한번 제대로 쳐다보지 못하고 발길을 돌리고 말았다.

나는 한 번도 맛본 적이 없는 우수에 잠겨 터덜터덜 집으로 돌아왔다.

날씨가 왜 이렇게도 축축하고 가라앉아 있는 것일까? 날씨가 맑았더라면 밤새도록 그 근처를 거닐 수 있었을 텐데······.

돌아오는 밤길은 참으로 쓸쓸했다.

그래, 내일까지 기다리지! 내일, 그녀는 나에게 모든 걸 말해 줄 것이다.

그런데 오늘도 편지는 오지 않았다. 그건 당연했다.

그들 두 사람은 이미 함께 있는지도 모르는 일이니까······ 그게 당연한지도 모른다.

☆

 아, 모든 것이 이런 식으로 끝나다니……. 어떻게 이렇게 끝날 수 있단 말인가.

 아홉 시에 도착했다. 그녀는 벌써 와 있었다. 멀리서도 그녀를 알아볼 수 있었다.

 그녀는 처음 보았을 때처럼 제방의 난간에 팔꿈치를 괴고 서 있었다. 내가 가까이 다가갔는데도 알아채지 못했다.

"나스첸카!"

 나는 가까스로 흥분을 억누르며 그녀의 이름을 나지막하게 불렀다.

 재빨리 돌아본 그녀가 손을 내밀며 소리쳤다.

"아, 오셨군요."

나는 어리둥절해 하며 그녀를 바라보았다.

"저…… 편지는 어디 있나요? 편지, 안 가져오셨어요?"

그녀는 한 손으로 난간을 잡은 채 편지라는 말을 되풀이했다.

"아니, 편지는 없습니다. 아직…… 그 사람이 오지 않았습니까?"

내 말이 채 끝나기도 전에, 얼굴이 백지장처럼 질린 그녀가 한참 동안 미동도 없이 나를 바라보았다. 내가 그녀의 마지막 희망을 짓밟은 것만 같았다.

"괜찮아요. 그런 사람은…… 이제 저에게…… 없는 사람이나…… 마찬가지예요. 괜찮아요."

그녀는 더듬거리며 끊어지는 목소리로 간신히 말했다.

그녀는 눈을 내리깔았다. 그러고는 다시 고개를 들려고 했지만, 힘에 겨운 듯 다시 고개를 떨어뜨렸다.

그녀는 잠시 동안 흥분을 가라앉히려고 안간힘을 쓰다가, 갑자기 제방의 긴 난간에 팔꿈치를 괸 채 뒤를 돌아보았다. 그러다가 급기야는 참았던 눈물을 터뜨리고야 말았다.

"제발 울지 마요."

나는 이렇게 입을 열었지만 도저히 말을 계속할 기력이 없었다. 이런 상황에서 무슨 말로 그녀를 위로할 수 있단 말인가.

그녀가 울면서 말했다.

"저를 달래려고 그렇게 애쓰지 마세요. 그리고…… 이젠 그 사람 얘기도 하지 마세요. '그 사람은 반드시 올 거다, 그토록 잔인하고 파렴치하게 행동할 사람이 결코 아니다.' 따위의 말씀일랑 하지 마세요. 그 사람은 돌아서 버린 것이 분명해요. 그런데…… 어째서…… 저를 버린 걸까요? 혹시…… 제가 쓴 편지, 그 편지에 무슨 잘못이라도 있었던 건 아닐까요?"

그녀의 목소리는 울음소리에 묻혀 확실하게 들리지 않았다.

그녀의 우는 얼굴을 보고 있자니, 내 가슴이 미어지는 것만 같았다.

"아, 어떻게…… 이렇게 잔인하고 파렴치한 일이 일어날 수 있을까요……."

그녀의 울음 섞인 목소리가 강물을 따라 흘러갔다.

"어떻게…… 단 한 마디, 단 한 마디의 답장도 하지 않는 걸까요? '당신은 이제 필요 없다, 당신과는 끝이다'라는 답장이라도 해 줄 수 있는 것 아닌가요? 그런데 사흘이나 지나도록 편지 한 줄이 없다니……. 그 사람이야 뭐…… 나같이 불쌍하고 의지할 데 없는 여자 하나쯤…… 모욕하거나 팽개치는 일이 대수롭지 않은 일일 테지만 말이에요.

저한테 죄가 있다면…… 한 남자를 아무런 의심 없이 사랑한

죄밖에 없잖아요. 그런데 ……이 사흘 동안 내가 견뎌 온 걸 생각하면, 미칠 것만 같아요. 아직도 생생하게 기억나요. 맨 처음 그 사람을 혼자 찾아갔을 때, 자존심 같은 것은 다 버리고…… 부끄러움을 무릅쓰고 울면서 호소했죠. 아주 작은 사랑 한 조각이라도 얻으려고……. 그런데 이제 와서…… 이런 결과가 되다니……. 아니, 잠깐만! 제게 뭐라고 말씀 좀 해 주세요.”

그녀는 내 쪽으로 고개를 돌리며, 한순간 폭포수처럼 넋두리를 쏟아부었다. 그러다 갑자기 그녀의 까만 눈망울이 반짝거리는가 싶더니, 또 다른 생각의 강물을 쫓아가기 시작했다.

“틀림없이 뭔가 잘못되었을 거예요. 그렇지 않고서는 이런 일은 일어날 수가 없어요. 당신이나 제가 잘못 안 걸 거예요.

혹시…… 아직 편지를 못 받은 건 아닐까요? 여태 아무것도 모르고 있는 건 아닐까요? 당신도 한번 생각해 보세요. 그리고 제발 제가 이해할 수 있도록 설명 좀 해 주세요. 전 도무지 이해할 수가 없어요.

그 사람은 저에게 이러실 분이 아니에요. 이렇게 야만적이고 무자비한 행동은 있을 수가 없어요! 아무리 비열한 사람이라도 눈곱만큼의 동정심은 있기 마련 아닌가요? 혹시…… 그 사람이 저에 대해…… 무슨 좋지 않은 소릴 들은 건 아닐까요? 누군가가 저에 대해 나쁜 소리를 했는지도 모르잖아요…….”

그녀는 내게 질문을 퍼붓듯이 마구 소리쳤다.

"당신…… 당신 생각은 어떤가요?"

나는 그녀에게 뭔가를 말해 주어야 할 것만 같았다. 눈물이 원하고 있는 소망에 대한 해답, 아니 거기에 이르는 방법이라도 모색하지 않으면 안 될 것 같은…… 견딜 수 없는 기분에 사로잡혔다.

"나스첸카, 울지 말고 제 말 좀 들어 봐요. 내일 제가…… 당신 대신에 그 사람을 찾아가겠습니다."

"그래서요? 그래서 뭘 어떻게 하려고요?"

"그 사람한테 당신 마음을 빠짐없이 모두 전해 줄게요. 그 사람한테 그동안의 사정을 이야기한 다음…… 어떻게 된 일인지 꼭 알아 가지고 올게요."

"그래서…… 그래서요?"

"당신은 다시 편지를 쓰세요. 나스첸카, 싫다고 하지 말고 편지를 써 주세요. 반드시…… 그 사람에게 당신의 뜻을 알려 줄게요. 그러면…… 그 사람도 모든 걸 알게 될 겁니다. 만약에……."

"안 돼요. 고맙지만, 그건 안 돼요."

그녀가 도중에 내 말을 가로막으며 말했다.

"이제 그만하세요. 더 이상 한 마디도, 단 한 줄도 쓰지 않을 거예요. 지금까지 한 걸로 충분해요! 이제 저는 그런 사람 따위는 몰라요. 더 이상 사랑하지 않아요. 그런 사람은 잊어……버릴…… 거예요…….”

그녀는 말끝을 맺지 못했다.

"진정하세요. 자, 여기 좀 앉아요, 나스첸카."

나는 격정에 싸인 그녀를 벤치로 이끌어 앉히며 걱정스럽게 말했다.

"전 괜찮아요. 걱정하지 마세요! 이건 아무것도 아니에요. 이런 눈물 같은 건 금방 말라 버릴 거예요. 당신은 제가 강물에라도 뛰어들까 봐 걱정하시는 거예요? 그렇죠?”

내 가슴은 미어지는 것만 같았다. 무어라 말을 하고 싶었지만 할 수가 없었다.

그러자 그녀가 내 손을 잡으며 말을 계속했다.

"들어 보세요! 당신 같으면 절대로 그러지 않았을 거예요. 당신이라면 제 발로 찾아온 소녀를 그렇게 무참하게 버리진 않으시겠죠? 소녀의 어리석고 심약한 마음을 그런 식으로 조롱하거나 비웃진 않으시겠죠? 당신이라면 틀림없이 그녀를 감싸 주었을 거예요. 당신이라면…… 그녀가 혼자라는 걸, 제 몸 하나도 제대로 추스르지 못한다는 걸, 당신에 대한 사랑을 어쩌지 못한다는 걸…… 그녀에게 아무 죄도 없다는 걸…… 알기에, 소중하게 보듬어 주었을 거예요. 그런데 도대체 왜 이런 일이 일어난 걸까요?"

나는 마침내 흥분을 억누르지 못하고 소리쳤다.

"나스첸카! 당신이 지금 무슨 짓을 하고 있는 줄 알아요? 내 가슴이 이렇게 갈가리 찢기고 있다는 걸 아느냐고요? 당신은 지금 내 심장을 마구 찔러 대면서 나를 죽이고 있어요.

나스첸카! 더 이상 가만히 있을 수가 없군요! 이젠 말을 해야겠어요. 내 가슴속에서 끓어오르는 걸 모두 다 털어놓겠다는 말입니다."

이렇게 말하며 나는 벤치에서 벌떡 일어났다.

그녀는 아직도 내 손을 잡은 채 어리둥절해 하며 조심스럽게 물었다.

"무슨 말을…… 털어놓겠다는 거예요?"

"제 말을 좀 들어 보세요, 나스첸카! 제가 지금부터 말하는 것은 모두 황당하고 실현 불가능한, 아주 어리석은 소립니다. 이런 일은 결코 일어날 수 없다는 걸 알지만, 그래도 가만히 있을 수가 없어요. 당신이 지금 당하고 있는 고통을 그대로 두고 볼 수가 없단 말입니다. 이런 말을 하는 저를 제발 용서해 주세요."

나는 단호한 어조로 말했다.

"무슨 말씀이신지 해 보세요."

그녀는 나의 단호한 모습을 보자, 이내 울음을 멈추고는 호기심 어린 눈으로 나를 바라보았다.

"말도 안 되는 소리 같습니다만, 나는 당신을 진심으로 사랑합니다. 나스첸카! 바로 이 말씀을 드리고 싶었습니다! 이것이 제가 하고 싶은 이야기의 전부입니다. 이제는 당신이 알아서 하십시오. 여태까지 한 것처럼 저와 얘기할 수 있겠습니까? 제가 앞으로 하는 얘기를 들어 줄 수 있겠느냐고요."

나는 손을 내저으며 말했다.

"아니, 그게 무슨 말씀이세요? 그래서 어쨌다는 거예요? 저는 당신이 절 사랑한다는 걸 진작부터 알고 있었어요. 하지만 제 생각에는 그저…… 그냥 그렇게…… 순수하게 좋아하시는 줄로만……. 이제 어떡하면 좋죠?"

나스첸카가 말을 막았다.

"물론 처음에는 순수했습니다. 나스첸카, 그렇지만 지금…… 나는…… 당신이 보퉁이를 들고 그 사람을 찾아갔을 때와 같은 처지에 있어요. 아니, 당신보다 내 처지가 더 나쁘지만 말입니다. 나스첸카, 그 당시에 그 사람은 다른 사람을 사랑하고 있지 않았어요. 하지만 지금…… 당신은 다른 사람을 사랑하고 있잖아요."

"지금 제게 무슨 말씀을 하고 계신 거예요? 갑자기…… 당신이라는 분을 전혀 이해하지 못하겠군요. 제 얘기 좀 들어 보세요. 어쩌자고…… 아니, 어쩌자고가 아니라…… 어째서 당신은…… 이렇게…… 이렇게 갑자기…… 아아, 제가 지금 무슨 말을 하고 있는 거죠? 그렇지만 당신은…….'

나스첸카는 완전히 얼이 빠져 버린 듯했다. 그녀는 얼굴을 홍당무처럼 새빨갛게 물들인 채 눈을 내리깔았다.

"하지만 어쩔 수가 없어요. 나스첸카, 이제…… 제가 어떻게 해야 하죠? 물론 제 잘못입니다만, 나도 모르게 그만 당신에게 이끌려 버렸습니다. 어쩌면 당신을 이용했는지도…… 아니, 그게 아닙니다. 저는 결코 나쁜 짓을 한 적이 없습니다. 나스첸카, 저는 그걸 느낄 수가 있어요. 제 심장이 그렇게 말하고 있으니까요. 하지만 저는 그 어떤 것으로도 당신을 모욕하거나 화나게 할 수는 없어요. 저는 분명히 당신의 친구였으니까요. 물론 지금도 마찬가지고요. 저는 절대로 당신을 배반하지 않았어요. 저를 보세요. 지금 제 눈에서 눈물이 흐르고 있지 않습니까? 나스첸카, 눈물이 흐르게 놓아두십시오. 그냥 흘러넘치게 내버려 두십시오. 누구에게 방해가 되는 것도 아니니까요. 그러다가 말라 버릴 겁니다. 나스첸카…….'

"아무튼 여기 좀 앉으세요. 아, 이 일을 어쩌면 좋아…….'

그녀는 나를 벤치로 잡아당겨 앉히려 하며 말했다.

"싫습니다! 나스첸카, 저는 더 이상 여기 있을 수가 없습니다. 앞으로 절대 당신 눈앞에서 얼쩡대지 않겠습니다. 한 가지, 제가 당신을 사랑한다는 사실을…… 당신이 알지 못하도록 했어야만 했는데…… 미안합니다. 그것을 비밀로 간직했어야 했습니다. 제 이기주의로 당신을 괴롭혀서는 안 되는 일이었습니다. 그렇지만 저는 더 이상 참을 수가 없었습니다. 하지만 당신이 먼저 얘기를 꺼냈으니까…… 당신 탓입니다. 모든 게 당신 탓이지, 내 탓은 아닙니다. 그러니까 당신은 저를 쫓아 버릴 수 없다는 말입니다……."

"아니에요, 그러지 않아요. 저는 절대로 당신을 쫓아 버리지 않아요. 제가 어떻게 그럴 수가 있겠어요?"

가엾게도 나스첸카는 당혹감을 감추려 애를 쓰며 말했다.

"당신이 저를 쫓아 버리지 않는다고요? 아니에요, 그게 아닙니다! 제가 당신한테서 달아나려고 하는 겁니다. 하고 싶은 말을 다 털어놓은 다음에 떠나겠습니다. 나스첸카! 당신이 여기서 울고 있었을 때, 그러니까…… 그러니까…… 이런 표현밖에는 생각나지 않는군요. 나스첸카, 당신이 버림받은 것에…… 사랑을 거절당한 것에 괴로워하고 있을 때, 저는 제 가슴이 당신을 향한 사랑으로 넘치고 있음을 느꼈습니다. 가슴에서 우러나

오는 그 사랑의 소리를 들었기 때문입니다.

 나스첸카, 저는 그때 확실히 깨달았고, 그리고 괴로웠습니다. 나의 그 사랑으로도 당신에게 아무런 도움이 되지 않는다고 생각했기에……. 하지만 가슴이 터질 것 같아서…… 저는…… 저는 가만히 있을 수가 없었습니다.

 나스첸카, 정말 미안합니다. 그러나 이야기를 꺼내야만 했습니다. 나스첸카, 떠나는 마당에 제 마음을 모두 고백하지 않을 수 없었습니다."

 나스첸카는 뭐라 형용할 수 없는 눈빛으로 나를 바라보며 말했다.

 "좋아요, 하고 싶은 얘기를 모두 다 해 주세요. 당신은 어쩌면 제가 당신한테 이런 말씀을 드리는 것을 이상하게 여기실지도 모르지만……. 아니, 말씀하세요! 저는 나중에 얘기할게요! 하나도 빠뜨리지 않고 당신한테 모조리 얘기할 거예요!"

 "나스첸카, 당신은 지금 저를 동정하고 있어요. 당신은 그냥 제가 불쌍한 겁니다. 아, 한 번 내뱉은 말은 돌이킬 수 없습니다! 그렇지 않습니까? 지금은 당신도 모든 걸 알고 있습니다. 그래요, 이것을 출발점이라고 생각하고 얘기하겠습니다. 아니, 아무래도 상관없습니다. 제가 하는 얘기를 그냥 들어 주십시오.

 당신이 여기 앉아 울고 있을 때, 저는 혼자 곰곰 생각했습니다. 아니, 아니…… 물론 그건 있을 수 없는 일이겠지만, 이렇게…… 그러니까 당신이…… 나는 당신이 거기서… 그래요, 그 사람을 더 이상 사랑하지 않게 되지 않을까 하고 생각했습니다. 저는 어제도, 그리고 그저께도 그런 생각을 했습니다만…… 만약 그렇게 된다면, 당신이 나를 사랑할 수 있도록 무슨 일이든지 하겠다고 생각했습니다.

하여튼 당신도 분명히 말했습니다, 나스첸카. 당신도 이미 나를 사랑하고 있다고요……. 그렇다면 그다음엔 뭐죠? 이것이 제가 하고 싶었던 말의 전부입니다. 한 가지만 더 말씀드린다면, 당신 또한 저를 사랑할 수 있게 될지도 모른다는 바람뿐입니다. 더 이상은 없습니다.

나스첸카, 들어 주세요. 물론 저는 보잘것없고, 가진 것 없는 하찮은 인간입니다. 그러나 당신은 나의 친구니까…… 아니, 문제는 그게 아니지요. 저도 모르게 자꾸 말이 빗나가는군요.

나스첸카, 제가 지금 몹시 당황해서 그러나 봅니다. 문제는 제가 당신을 어떻게 사랑하느냐는 겁니다. 당신이 아직도 그 사람을 사랑한다면…… 내가 알지도 못 하는 그 사람을 계속해서 사랑한다면…… 그래도 나는 당신을 사랑할 겁니다. 하지만 내 사랑이 당신에게 짐이 되지 않도록…… 당신이 느끼지 못하도록 그렇게 사랑할 겁니다.

그러나 당신은 매순간 듣게 될 것이고, 느끼게 될 겁니다. 당신 곁에서 감사에 넘치는…… 나의 심장이 고동치고 있음을……. 당신을 그리워하는 불타는 나의 마음……. 아, 나스첸카! 당신은 도대체 나에게 무슨 짓을 한 겁니까!"

나스첸카는 재빨리 벤치에서 일어나더니, 손수건으로 내 눈물을 닦아 주며 말했다.

"울지 마세요. 당신이 울면…… 제가 견딜 수가 없어요. 자, 일어나세요. 울지 말고, 이제 그만 가요. 저도 당신께 드릴 말씀이 있을 것만 같아요. 그래요, 만약 그 사람이 이미 저를 버렸고, 저를 잊어버렸다면…… 비록 제가 아직도 그 사람을 사랑하고 있다 해도…… 당신께 거짓말은 하고 싶지 않아요. 제 말씀을 듣고 대답해 주셔야 돼요. 그러니까…… 제가…… 당신을 사랑하게 된다면, 즉 제가 다만…… 아, 당신은 저의 친구시죠! 어떻게…… 어떻게 생각하면 좋을까요. 당신의 사랑을 비웃으면시…… 당신이 저를 사랑하지 않는다고…… 사뭇 놀림조로…… 도리어 당신을 칭찬하면서 당신을 모욕했는데……. 아, 그걸 생각하면…… 어떻게 그걸 모를 수가…… 어떻게 그렇게 바보 같을 수가…… 아니, 좋아요. 이제 제 결심이 섰어요. 모든 것을 솔직하게 말씀드릴게요."

"잠깐만! 나스첸카, 그만둬요. 다 소용없어요. 난 당신을 떠나겠어요, 지금 당장! 더 이상 당신에게 고통을 주고 싶지 않아요. 지금 당신은 저를 비웃으며 조롱했다고 마음 아파하고 있어요. 하지만 그러지 마세요, 내가 싫으니까요. 이미 가지고 있는 당신의 고통과 슬픔도 감당하기 힘들 텐데, 그런 엉뚱한 일로 고통받게 할 수는 없어요. 물론 제가 잘못했습니다. 나스첸카, 그럼 안녕히 가십시오."

"잠깐만, 제 말씀을 끝까지 들어 주세요. 조금만 더 기다려 주세요."

"뭘 기다려 달라는 말입니까?"

"그래요, 저는 그 사람을 사랑해요. 하지만 그 사랑은 금방 식어 버릴 거예요. 식지 않을 수가 없죠. 벌써 식어 가고 있는걸요……. 누가 알겠어요, 어쩌면 오늘이라도 당장 모든 게 끝날지……. 왜냐하면 제가 그 사람을 원망하고 있으니까요. 당신이 여기서 저와 함께 울고 계실 때, 그 사람은 저를 조롱하고 있었잖아요.

당신은 그 사람과는 달라요. 당신은 저를 내친 적도 없고, 더구나 저를 사랑하고 있잖아요. 그리고 이제는 저도 당신을 사랑해요……. 그래요, 사랑해요! 당신이 저를 사랑하는 것처럼, 저도 당신을 사랑해요. ……제가 당신을 사랑하는 이유는 당신이 그 사람보다 더 훌륭하고 더 고결하기 때문이에요. 저는 당신을 사랑해요. 왜냐하면, 왜냐하면, 그 사람은……."

나스첸카는 흥분에 겨워 말을 잇지 못했다. 내 어깨에 얹었던 고개를 아예 가슴에 파묻고 서럽게 울기 시작했다. 나는 그녀를 달래며 진정시키려 했지만, 그녀는 한참 동안 울음을 멈추지 않았다. 그녀는 내 손을 잡은 채 울먹이며 말했다.

"조금만, 조금만 기다려 주세요. 금방 그칠게요! 그리고 당신께 꼭 하고 싶은 말이 있어요. 제발 이상하게 생각하지는 마세요. 제가 우는 건 마음이 약해져서 그런 것뿐이에요. 조금만 기다려 주세요, 곧 그칠 거예요."

*

마침내 그녀는 울음을 그치고 눈물을 닦아 냈다. 그리고 우리는 다시 걷기 시작했다.

나는 무엇인가 말을 하고 싶었지만, 그녀는 기다려 달라는 말만 반복했다.

우리는 한참 동안 입을 꾹 다물고 있었는데, 마침내 그녀가 마음이 어느 정도 진정되었는지 말문을 열었다.

그녀는 힘없이 떨리는 목소리로 말을 시작했다. 그러나 그 목소리에는 내 가슴으로 파고드는 듯한 감미로우면서도 묘한 아픔이 배어 있었다.

"저를 변덕스럽고 경박한 여자라고는 생각지 마세요. 전 그토록 쉽고 빠르게 상대를 잊어버리거나 배신할 수 있는 여자는 아니에요. 저는 꼬박 일 년 동안 그 사람을 기다렸어요. 하늘에 맹세코, 정말 한 번도, 한 번도 마음속으로라도 그 사람에게 죄 되는 일은 한 적이 없어요. 그 사람은 그걸 무시하고, 조롱한 거예요. 그 사람은 제게 상처를 주고, 저를 모욕했어요.

그래요, 이젠 그런 건 아무래도 좋아요. 저는 그 사람을 사랑하고 싶지 않으니까요. 저는 마음이 넓고 저를 잘 이해해 주는 사람만을 사랑할 수 있기 때문이에요. 저 자신이 그렇기 때문일 거예요.

그 사람은 제 사랑을 받을 자격이 없어요. 그래요, 이젠 저도 모르겠어요. 어쩌면 도리어 잘된 일인지도 몰라요. 나중에 배신당하는 것보다는 나은 일일 테니까요……. 그래요, 이게 다예요! 그렇지만 당신은 저의 착한 친구시니까 들어 주세요."

그녀는 내 손을 잡으며 말을 이었다.

"누가 알겠어요, 어쩌면 내 사랑이란 것 자체가 처음부터 어설픈 감정이었거나 한낱 공상이었는지도……. 어쩌면 할머니한테 감시를 받다 보니…… 속박된 것이 너무나 싫어서 쓸데없는 장난을 쳤는지도 모르잖아요. 어쩌면 저는 그 사람이 아닌 다른 사람…… 저를 가엾게 여겨 줄 수 있는 사람을 사랑해야 하는지도 몰라요. 그리……고…… 그리고…… 아니, 이런 얘긴 그만두도록 할게요. 됐어요."

나스첸카는 흥분으로 숨을 헐떡이면서 중간에 말을 끊었다.

"당신께…… 다만 이것만은 말씀드리고 싶었어요. 그러니까 제가 그 사람을 사랑하고 있다…… 아니, 사랑했다…… 그럼에도 불구하고 당신의 사랑이 엄청나게 크고 고결하기 때문에, 제 가슴에서 예전의 사랑을 몰아내 주실 수 있다면…… 저를 조금이라고 측은하게 여기신다면…… 저를 아무 희망도 없는 운명 속에 홀로 버려두고 싶지 않으시다면…… 언제까지나 지금처럼 저를 사랑하고 싶으시다면…… 그렇다면 저도 맹세할 수 있습니다. 이 감사하는 마음…… 제 사랑이 마침내 당신의 사랑을 받을 만한 가치가 있을 거라는 걸 맹세합니다. 이제 제 손을 잡아 주실 수 있으세요?"

"나스첸카! 나스첸카……! 오, 나스첸카……!"

나는 무서운 감동과 희열에 싸인 감정을 가까스로 추스르며 그녀의 이름을 반복해서 불렀다.

"됐어요! 이제 정말 됐어요! 저도 모든 걸 다 말해 버렸어요. 그렇죠? 이젠 당신이 행복하다면, 저도 행복해요. 더 이상 아무 말도 필요 없어요. 잠깐만 가만히 있어 줘요. 아니, 무슨 이야기든 좀 해 주세요."

"그래요, 나스첸카. 그 얘기는 이걸로 충분해요. 지금 나는 무척 행복해요. 그래요, 나스첸카. 뭔가 다른 이야기를 하도록 합시다. 우리 빨리, 다른 얘길 해요. 네! 저는 그럴 준비가 되어 있어요……."

그러나 우리는 무슨 얘길 해야 할지 몰랐다. 우리는 아무 연관도, 아무 뜻도 없는 말을 마구 지껄이면서…… 울었다가 웃었다가 하는 것을 수도 없이 반복했다.

보도를 걷다가 갑자기 뒤로 휙 돌아서서 한길을 가로질러 가기도 했고, 그런 다음 걸음을 멈추었다가 다시 제방을 향해 마구 뛰어가기도 했다. 그 순간, 우리는 마치 철없는 어린애들 같았다.

우리는 서로에 대한 신비스러운 감정을 감당하지 못해 우왕좌왕했다. 사랑이란…… 이렇게 불현듯 내게 다가온 사랑이란…… 세상의 모든 것들을 태초의 순진무구함으로 되돌려 놓는 것만 같았다.

한참을 걷다 보니 어느 정도 마음이 진정되었다.

이제 우리 앞에는 행복한 내일만이 기다리고 있는 듯했다. 그녀가 내게 손을 내민 지금, 우리는 그 내일을 준비해야 하는 것이다.

나스첸카와 나는 둘이서 함께할 미래에 대해 이야기를 하기 시작했다.

사랑의 기쁨을 가슴에 부둥켜안은 채, 나는 진지한 표정으로 입을 열었다.

"나스첸카, 저는 지금 혼자 살고 있습니다. 그러나 내일이면…… 물론, 나스첸카…… 저는…… 아시다시피, 가난뱅이입니다. 일 년치 봉급을 모두 합쳐도 1천2백 루블밖에는 안 됩니다……."

"그건 문제가 안 돼요. 게다가 할머니한테 나오는 연금이 있어요. 그러니까 할머니가 우리한테 짐이 되진 않으실 거예요. 어쨌든 할머니는 우리가 모셔야 해요."

"그럼요, 할미니는 우리가 모셔야지요. 다만 마트료나가……."

"아, 그래요. 우리 집에도 표클라가 있어요!"

"마트료나는 좋은 사람이지만, 한 가지 단점이 있어요. 상상력이 없다는 거예요. 나스첸카, 정말이지 조금의 상상력도 없어요. 하지만 그건 아무것도 아니죠!"

"아무래도 좋아요. 그 두 사람은 함께 지내도 돼요. 당신만 내일 우리 집으로 이사 오세요."

"뭐라고요? 당신 집으로! 좋아요, 준비는 되어 있어요……."

"그래요, 우리 집의 방을 빌리는 거예요. 우리 집에는 다락방이 있다고 말씀드렸잖아요. 최근까지 나이 많은 귀부인이 살았는데, 다른 데로 이사를 가셨어요. 저는 할머니가 젊은 사람을 들이고 싶어 하신다는 걸 알아요. 제가 여쭤 보았어요. '어째서 젊은 사람이어야 하죠?' 그러자 이렇게 대답하셨어요. '왜냐하면 나도 이젠 늙었기 때문이란다. 그렇다고 나스첸카야, 너를 그 젊은이한테 시집보내고 싶어서 그런다고는 생각하지 마라.' 그렇지만 저는 눈치챘어요. 그러려고 하신다는 걸……."

"아, 나스첸카……!"

우리는 모처럼 유쾌하게 웃었다.

나스첸카가 나에게 물었다.

"그래요, 이제 됐어요. 그런데 당신이 살고 있는 집이 어디에요?"

"저기…… 다리 근처에 있는 바라니코프 건물이에요."

"그 엄청나게 큰 저택 말씀이세요?"

"네, 좀 크긴 하죠."

"알아요. 좋은 집에 사시는군요. 하지만 가급적 그 집에서 빨리 나와 저희 집으로 오세요……."

"내일이라도 당장 옮기도록 할게요, 나스첸카. 하지만 방세가 좀 밀려 있어요. 그러나 별 문제는 없어요. 이제…… 곧 봉급을 받을 테니까요……."

"저는 어쩌면 가정교사 노릇을 할지도 몰라요. 아이들 공부를 돌봐 주면서, 제 공부도 하려고요."

"좋은 생각이군요, 나스첸카……."

"그럼, 내일부터 당신은 저희 집 하숙인이 되시는 거예요."

"네, 그리고 우리는 '세빌리아의 이발사'를 보러 가는 겁니다. 곧 다시 공연이 있다고 하니까요."

나스첸카가 웃으며 말했다.

"그래요, 가요. 아니, '이발사'보다 뭔가 다른 것이 더 낫지 않을까요……?"

"좋아요, 뭔가 다른 것을 보도록 하죠. 그 생각을 미처 못했군요."

이런 얘길 나누면서 우리는 둘 다 안개 속에서 걷듯이 걸었다. 우리 신변에 무슨 변화가 일어나고 있는지도 모르는 듯이…….

걸음을 멈추고 그 자리에서 한참 동안 얘기를 나누다가 다시 방향도 없이 걷기 시작했다. 다시 웃음, 다시 눈물…….

너무 늦었다는 생각이 들었는지, 갑자기 나스첸카가 집에 가고 싶다고 했다. 나는 말릴 수가 없어 집까지 바래다주겠다고 했다. 우리는 집 쪽으로 방향을 돌려 걷기 시작했다.

그러나 15분쯤 지나서 정신을 차려 보니 제방의 그 벤치에 와 있는 것이 아닌가.

그녀의 입에서 한숨이 새어 나오기도 했고, 또다시 두 눈에 눈물이 고이기도 했다.

나는 두려움이 엄습하는 걸 느꼈다. 하지만 그건 잠시뿐이었다.

그녀는 내 손을 잡아당기더니 다시 걷고, 떠들고, 지껄이기 시작했다…….

"이젠 집으로 갈 시간이에요. 너무 늦은 것 같아요. 어린애 같은 짓은 이것으로 충분해요!"

마침내 나스첸카가 말했다.

"그래요, 나스첸카. 하지만 나는 이제 잠들 수가 없을 거예요. 집으로 가지 않겠어요."

"저도 잠이 오지 않을 것 같아요. 그래도 집까지 바래다주세요……."

"염려 마세요."

"이번에는 꼭 집까지 가야 해요."

"그럼요, 당연하죠……."

"약속하시는 거죠……? 어차피 언젠가는 집에 오셔야 하잖아요!"

"약속합니다. 그럼, 갑시다."

나는 웃으면서 대답했다.

"가요."

"하늘 좀 쳐다봐요. 나스첸카, 저길 좀! 내일은 틀림없이 날씨가 아주 좋을 것 같아요. 푸른 하늘에 빛나는 달! 저길 좀 봐요. 저 노란색 구름이 달을 덮으려 하고 있어요. 봐요. 봐요……! 아니, 그냥 지나쳤군요. 저길 좀 보세요. 저길……!"

그러나 나스첸카는 구름을 쳐다보지 않았다. 그녀는 말없이 그 자리에 못 박힌 듯 서 버렸다.

잠시 뒤, 그녀는 왠지 머뭇거리며 내게 바짝 달라붙었다. 그녀의 손이 내 손 안에서 떨기 시작했다. 나는 그녀를 바라보았다. 그녀는 내게 몸을 바짝 기대어 왔다.

이때 어떤 청년이 우리를 지나쳐 갔다. 그는 갑자기 걸음을 멈추고 우리를 유심히 바라보았다. 그러고 나서 다시 몇 발자국 더 걸어갔다. 내 가슴은 떨리기 시작했다.

"누굽니까, 나스첸카?"

나는 낮은 목소리로 물었다.

"그 사람이에요!"

그녀는 더욱 가까이, 그리고 경련하듯이 내게 몸을 밀착시키며 속삭이듯 대답했다.

나는 갑자기 가슴이 마구 뛰면서…… 거의 몸을 가누지 못할 지경이었다.

"나스첸카! 나스첸카! 역시 당신이었군요."

우리 뒤에서 그녀를 부르는 목소리…… 무섭게 떨고 있는 그녀!

순간, 청년이 우리 쪽으로 바싹 다가섰다.

그러자 그녀는 내 손을 뿌리치고, 그를 향해 총알처럼 달려갔다.

나는 무엇에 얻어맞은 사람처럼 멍하니 서서 그들을 바라보았다.

그런데 그녀는 그에게 손을 내밀기 전에, 그의 품속에 달려들기 전에…… 갑자기 다시 몸을 돌려 바람처럼 내 앞으로 달려왔다.

그러고는 어쩔 줄 몰라 하는 나를…… 내 목을 두 팔로 얼싸안으며 열정적으로 키스를 퍼부어 댔다.

그런 다음, 한 마디도 하지 않고 다시 그에게 달려가 그의 두

손을 잡고 끌어당겼다.

　나는 오랫동안 그 자리에 서서 사라져 가는 그들의 뒷모습을 바라보았다.

　마침내 두 사람 모두 건물 저편으로 사라졌다.

☆

 나의 밤들은 끝나고 아침이 되었다. 궂은 하루였다. 비가 추적추적 내렸고, 빗방울이 내 창문을 우울하게 두들겨 댔다.

 방 안은 내 마음처럼 어둡고 침침했다. 바깥은 잔뜩 흐려 있었다. 골치가 지끈거리고 현기증이 났다. 무슨 열병 같은 것이 뼈 마디마디로 스며들었다.

 "편지가 왔어요, 선생님. 우체부가 시내 우편으로 배달해 주었어요."

 마트료나가 나를 내려다보며 말했다.

 "편지라고? 누구한테서?"

 나는 의자에서 몸을 벌떡 일으키며 외쳤다.

"저도 몰라요, 선생님. 뜯어보세요. 거기 보낸 사람의 이름이 씌어 있겠죠."

나는 봉인을 뜯었다.

나스첸카에게서 온 편지였다.

'아, 용서해 주세요, 저를 용서해 주세요!'

나스첸카는 이렇게 쓰고 있었다. 편지지에 그녀의 눈물이 묻어 있는 것만 같아, 가슴이 몹시 두근거렸다.

'무릎을 꿇고 당신께 용서를 구합니다.

저를 용서해 주세요! 그동안 저는 당신도, 제 자신도 속였습니다.

그건 모두 꿈이었어요. 환영이었어요.

당신 생각만 하면 가슴이 터질 것만 같아요. 용서해 주세요.

제발 저를 용서해 주세요……!

그리고 저를 비난하지 마세요. 저는 결코 당신을 배반하지 않았으니까요.

저는 당신을 사랑하겠노라고 맹세했고, 지금도 사랑하고 있어요. 아니, 사랑하는 것 이상이죠.

아, 당신과 그 사람을 동시에 사랑할 수 있다면…….

아, 차라리 당신이 그 사람이었더라면…….'

'아, 차라리 당신이 그 사람이었더라면……'이라는 말이 나의 뇌리를 떠나지 않았다.

나스첸카여, 나는 당신의 이 말을 영원히 기억할 것이오.

'하느님께 맹세해요…… 당신을 위해서라면 어떤 고통도 달게 받겠어요.

당신이 괴로워하신다는 거, 슬퍼하신다는 거…… 잘 알아요.

저는 당신을 모욕했어요. 하지만 당신도 아시죠? 사랑한다면 오랫동안 모욕을 곱씹지 않는다는 걸요. 당신은 저를 사랑하고 있으니까요.

고마워요! 당신의 그 큰 사랑에 감사드려요. 그 사랑은 잠에서 깨어난 뒤에도 오래도록 생각나는 달콤한 꿈처럼 제 영혼에 아로새겨졌으니까요.

당신이 오빠와도 같은 애정으로 제게 마음을 열어 주신 순간, 슬픔에 짓눌려 있는 저를 어루만져 주시고…… 위로해 주시고…… 치유해 주시기 위해, 그 상처에 사랑을 부어 주신 그 순간을 저는 영원히 잊지 못할 겁니다.

만약 당신이 저를 용서해 주신다면…… 당신에 대한 아름다운 추억은 제 안에서 영원한 감정으로 승화될 겁니다. 당신에 대한 감사의 마음은 제 영혼에서 결코 사라지지 않을 테니까요.

이 추억을 소중히 간직하고, 그 추억을 배신하는 일은 절대로 하지 않을 겁니다. 또한 제 마음은 영원히 변치 않을 거예요. 어제…… 영원히 속할 것을 다짐한 그에게 그토록 빨리 돌아간 것만 보아도 알 수 있을 거예요.

우리 다시 만나요. 저희를 찾아 주세요. 저희를 외면하지 않으실 거죠? 저의 영원한 친구, 오빠가 되어 주세요. 저를 만나면…… 저를 용서하시고, 제게 손을 내밀어 주실 거죠? 그렇죠? 그리고 예전처럼 저를 사랑해 주실 거죠?

아, 제발 저를 사랑해 주세요. 저를 결코 버리지 마세요.

이 순간, 당신을 이토록 사랑하고 있으니까요. 그리고 저는 당신의 사랑을 받을 만한 가치가 있으니까요. 자격이 있으니까요…….

사랑하는 나의 친구여! 다음 주에 저는 그 사람과 결혼합니다.

그 사람은 저에 대한 사랑을 고스란히 간직한 채 돌아왔어요. 저를 잊었던 것이 아니에요.

그 사람 얘길 쓴다고 해서 화를 내진 않으시겠죠……. 그 사람과 함께 당신을 찾아뵙고 싶어요. 당신은 틀림없이 그 사람을 좋아할 거예요. 그렇죠?

저희 두 사람을 용서해 주세요. 그리고 언제까지나 기억하고 사랑해 주세요.

당신의 나스첸카가.'

나는 오랫동안 편지를 읽고 또 읽었다. 눈에서 눈물이 솟구쳤다.

마침내 편지는 내 손에서 떨어졌고, 나는 복받치는 슬픔에 얼굴을 손으로 감싸 쥐었다.

"선생님! 선생님!"

마트료나가 불렀다.

"뭐예요, 할머니?"

"천장에 걸린 거미줄을 깨끗하게 걷어 버렸어요. 이젠 당장 결혼을 하셔도, 손님을 부르셔도 문제없어요."

나는 마트료나를 바라보았다.

그녀는 아직 정정해 보였다. 그런데 어찌 된 영문인지 그녀가 갑자기 눈에 가물거리더니⋯⋯얼굴에 주름살이 가득하고⋯⋯허리가 착 꼬부라지고⋯⋯ 노쇠한 노파처럼 보였다.

어찌 된 영문인지 내 방도 그 노파처럼 갑자기 늙어 버린 것 같았다. 벽이나 바닥의 색이 모두 바래고, 모든 것이 칙칙해 보였다. 천장에는 여전히 거미줄이 걸쳐져 있었다.

문득 창밖을 내다보자, 어찌 된 영문인지 건너편 건물도 오래

되어 금방이라도 쓰러질 것만 같았다. 기둥의 회반죽은 벗겨져 무너져 내렸으며, 처마 끝은 검게 그을고 여기저기 금이 가 있었다. 가라앉은 노란색으로 선명하게 보이던 벽은 얼룩까지 져서 보기에 무척 흉했다.

아니면, 먹구름 속에서 살짝 얼굴을 내밀었던 한 줄기 햇살이 다시 비구름에 가려지는 바람에, 모든 것이 우중충하게 보이는 것일까. 아니면, 눈앞에서 내 미래의 한 장면이 명멸하듯이 스쳐 지나갔기 때문일까…….

바로 15년 뒤의 내 모습, 지금의 이 방에서 지금처럼 고독하게…… 그토록 세월이 흘렀어도 조금도 영리해지지 않은 마트료나와 함께 있는…… 지금과 똑같은 내 늙은 모습을 보았기 때문일까.

그러나 나스첸카! 당신은 내가 모욕당한 것을 언제까지나 잊지 않고 원망할 것이라고 생각하는가? 내가 당신의 밝고 아늑하며 평화스러운 행복에 어두운 구름을 드리우게 할 것 같은가?

당신을 신랄하게 비난하면서, 당신의 심장에 비수를 꽂을 것 같은가? 당신의 가슴이 비밀스러운 가책으로 고통받고 행복의 순간에도 우울하게 고동치도록 만들 것 같은가?

아, 결코 그런 일은 있을 수 없다!

당신의 하늘이 언제나 높고 푸르기를…… 당신의 사랑스러운 미소가 밝고 평화롭기를…… 행복과 기쁨의 순간에 하느님의 은총이 늘 당신과 함께하기를!

당신이 감사하는 마음으로…… 어느 외로운 가슴에 행복과 기쁨을 주었으니까…….

아아, 더없는 기쁨! 완전한 행복이여!

인간의 기나긴 삶에 있어서, 한순간이나마 지속되었던 지극한 행복이여!

그것이면 결코 부족함이 없는 삶이 아니겠는가.

꼬마 영웅

 내가 열한 살이 조금 안 되었을 때의 일이다. 그 해 7월에 나는 친척 T 씨가 사는 모스크바 근교에 머물게 되었다. 정확하지는 않지만, 당시 그 집에는 50명가량이나 되는 손님들이 모여들어 북적거렸다. 그곳의 분위기는 몹시 수선스러웠지만 활기가 넘쳤다. 그곳의 생활은 마치 한 번 시작하면 영영 끝날 줄 모르는 축제와도 같았다.

 집주인은 자신이 가진 어마어마한 재산을 가능한 한 빨리 탕진해 버리겠다고 자신에게 약속이라도 한 듯, 사람들에게 모든 것을 베풀었다. 즉 그는 모든 것을 하나도 남기지 않고, 마지막 한 푼까지 손님들에게 제공했다.

쉴 새 없이 새로운 손님들이 도착했다. 모스크바와 아주 가까운 거리에 있었기 때문인지, 한 무리의 손님들이 떠나면 이내 새로운 손님들이 빈자리를 메워서 축제는 끝없이 이어졌다. 하나의 오락이 끝나면 또 다른 오락거리가 등장하여 끝없이 흥을 돋우었다.

인근으로 승마 여행을 떠나는가 하면, 무리를 지어서 강이나 숲으로 소풍을 갔다. 들판에 가득 핀 진귀한 꽃들을 감상하면서 점심밥을 먹고, 향기가 스며 있는 신선한 저녁 공기를 마시며 저택의 거대한 테라스에서 저녁밥을 먹기도 했다.

눈부신 햇살 속에서 잔뜩 상기되어 있는 귀부인들은 누구 할 것 없이 모두가 아름다웠다. 축제 분위기에 들뜬 얼굴 표정과 빛나는 눈동자, 종소리처럼 맑고 경쾌한 웃음과 재치 있는 말솜씨로 인해 그녀들의 매력은 끝없이 빛을 발했다.

날마다 춤과 음악, 노래가 계속되었다. 날씨가 좋지 않을 때는 살아 있는 그림 놀이(배경을 적당히 꾸며 놓은 다음, 그 배경 위에서 그림 속의 인물처럼 자세를 취하는 놀이의 일종)를 하거나 글자 맞추기 놀이, 또는 속담 풀이를 하며 시간을 보냈다. 그런가 하면 이야기꾼들과 재담가들이 등장하여 여러 가지 이야기로 사람들을 즐겁게 해 주었고, 가정 연극도 상연되었다.

그러는 동안 몇몇 인물들이 관심의 대상으로 떠올랐고, 말할 것도 없이 험담과 유언비어가 나돌기 시작했다. 험담과 유언비어가 없다면 세상이 돌아갈 수 없다고 믿는 사람들도 있었고, 아마 수백만 명의 여인들은 지루해서 죽어 버렸을지도 모를 일이기 때문이다.

그러나 당시 열한 살의 소년이었던 나는 이러한 여인들에 대해 전혀 아는 것이 없었다. 설령 무엇인가를 알았다 하더라도 별 수 없었겠지만 말이다. 다만 시간이 흐른 뒤에야, 그것이 무엇이었는지 비로소 깨닫고 쓴웃음을 지었을 것이 분명하다.

지금까지 내가 한 번도 경험해 보지 못한 열기와 광채, 소음 등에 놀란 나는 거의 정신을 차리지 못할 지경이었다. 하지만 그런 와중에도 오직 하나의 측면만은 빛나는 그 무엇으로 다가왔다.

물론 나는 내가 열한 살이었을 때의 이야기를 하는 것이고, 거듭 말하지만 나는 그야말로 단순한 어린아이에 지나지 않았다.

아름다운 귀부인들은 어린 나를 귀엽다는 듯이 바라보았고, 나 또한 내 나이에 맞게 나 자신에 대해 그다지 진지하게 생각하지 않았다.

그러나 참으로 이상한 일이 일어났다. 나 자신도 이해할 수 없는 어떤 이상한 감정이 나를 마구 뒤흔든 것이다. 지금까지 한 번도 느껴 보지 못한…… 어떤 야릇한 감정이 나의 가슴을 마구 설레게 했다. 내 심장은 무엇에 놀란 듯 심하게 고동쳤으며, 내 얼굴은 나도 모르게 벌겋게 물들여지곤 했다.

내가 가지고 있는 어린아이로서의 특권이 부끄럽게 여겨지는가 하면, 심지어는 모욕으로 여겨지기도 했다. 한번은 걷잡을 수 없는 놀라움이 나를 엄습해 와서 아무도 나를 볼 수 없는 곳으로 무작정 숨기도 했다.

그렇게 함으로써 무엇인가를 기억해 내려 했는데, 나는 그 무엇이라는 것을 그때는 생생하게 알고 있었지만, 지금은 아무리 떠올리려 해도 좀처럼 기억이 나지 않는다.

아무튼 나는 사람들에게 무엇인가를 감추고 있는 듯한 기분이 들었고, 그것을 누구에게도 절대로 말해서는 안 된다고 생각했다. 그것은 내가 비록 나이는 어리지만 부끄러움이란 감정을 느끼고 있었기 때문이다.

나는 새로운 상황에 어리둥절해 하면서 이유를 알 수 없는 외로움 비슷한 감정을 느끼고 있었다. 그곳에는 다른 아이들도 있었지만, 그들은 나보다 훨씬 어리거나 훨씬 나이가 많았다. 그리고 무엇보다도 나는 그들에 대해 아무런 관심이나 흥미를 느끼지 못했다.

물론 내가 이러한 특별한 상황에 있지 않았다고 하더라도 별다른 일이 일어나지는 않았을 것이다. 아름다운 부인들의 눈에 나는 단지, 그들이 때때로 귀여워해 주거나 심심할 때 가지고 노는 작은 장난감 같은 존재에 지나지 않았으니까…….

특히 그 귀부인들 중 한 명은 나를 가만히 놔두지 않기로 작정한 듯, 쉴 새 없이 나에게 무모하고 어이없는 장난을 걸어왔는데, 그녀의 머리카락은 내가 지금까지 한 번도 본 일이 없는 아름다운 금발이었다. 나에 대한 그녀의 장난으로 우리 주위에서는 늘 웃음이 끊이지 않았고, 그녀는 매우 즐거웠겠지만 나는 무척이나 짜증스러웠다.

하지만 그녀는 믿을 수 없을 정도로 아름다웠다. 그녀의 아름다움에는 무엇인가 다른 특별함이 있어서 보는 사람들의 눈을 떼지 못하게 했다.

물론 그녀의 피부는 하얗지만 창백하지는 않았고, 온실 속에서 자란 금발의 계집아이들의 분위기와도 전혀 닮지 않았다. 그녀는 키가 그다지 크진 않았지만, 섬세하고 부드러운 선들로 이루어진 얼굴이 무척 매혹적이었다.

그녀의 얼굴에는 번개같이 번뜩이는 빛이 스며 있었고, 날렵하고 가벼운 몸동작은 생동감이 넘쳐흘렀다. 그녀의 크게 치켜뜬 눈에선 마치 불꽃이 이는 듯했다. 그녀의 깊고 푸른 눈동자는 다이아몬드처럼 반짝였는데, 흑진주보다 더 검은 눈동자가 있더라도 그 푸른 눈동자와는 바꾸고 싶지 않을 정도였다.

일찍이 한 시인이 그의 탁월한 시 속에서, 만일 그녀의 머리털 하나라도 자신의 옷자락에 닿는 날이면 자신의 모든 것을 버리겠다고, 전 카스틸리야(에스파냐의 옛 왕국)를 걸고 찬미했던 그 유명한 검은 머리의 미인과 견주어도 손색이 없을 만큼…… 이 금발의 귀부인은 신비로웠다.

이 금발의 부인은 이미 5년 전에 결혼했음에도 불구하고, 기분 좋게 웃음 짓는 유쾌한 모습이 마치 천진난만한 어린애 같았다. 아침 햇살을 받아 이제 막 피어나는 장미와도 같은, 그러나 아직 차가운 이슬을 머금고 있는 그녀의 붉은 입술에는 늘 기분 좋은 웃음이 배어 있었다.

내가 도착한 지 이틀째 되는 날, 가정 연극이 무대에 올려졌다. 연극이 공연되고 있던 홀은 빈자리가 하나도 없을 정도로 사람들로 가득 차 있었다. 홀에 늦게 들어간 나는 서서 연극을 구경할 수밖에 없었다. 그러나 연극에 빠져든 나는, 나도 모르는 사이에 점점 앞으로 나아가서 제일 앞 의자의 등받이를 짚고 서서 연극을 감상했다. 그 의자의 주인이 바로 신비로운 아름다움을 지닌 금발의 부인이었다.

그러나 우리는 서로 아는 사이가 아니었다. 그런데 통통하면서도 비누거품처럼 하얀 그녀의 어깨를, 나도 모르게 열중해서 바라보고 있었던 모양이다. 비록 나에게는, 그렇듯 매혹적인 여자의 어깨를 보건 아니면 맨 앞줄에 앉은 노부인의 백발을 덮고 있는 붉은 리본이 달린 모자를 보건 다 마찬가지였는데도 말이다.

그 금발의 부인 옆에는 제법 성숙해 보이는 처녀가 앉아 있었다. 나중에 알게 된 것이지만, 그 처녀는 젊은이들이 주위에 몰려들어도 굳이 쫓아버리지 않는…… 예쁜 여자들 곁에서 얼쩡거리는 것을 일삼는 여자였다.

그 처녀는 내가 열중해서 부인의 어깨를 바라보고 있음을 알아차리고는, 이내 고개를 옆으로 돌려 금발의 부인에게 뭐라고 속닥거렸다. 그러자 금발의 부인이 고개를 돌려 나를 바라보았는데, 그녀의 눈은 어둠 속에서도 반짝이는 불꽃같이 빛났다. 그녀의 시선을 받으리라고는 전혀 예상하지 못했기 때문에, 나는 마치 불에 덴 듯이 몸을 잔뜩 움츠리고 있었다.

그녀가 비웃는 듯한 표정으로 나에게 물었다.

"연극이 마음에 드나요?"

"네."

나는 대답은 했지만, 여전히 놀란 기색을 감추지 못한 채였다.

나의 놀란 모습이 무척 재미있다는 듯이, 그녀는 흐뭇한 표정을 지으며 말했다.

"왜 그렇게 서 있어요? 다리가 무척 아플 텐데. 자리가 없나요?"

"네, 있을 줄 알고 들어왔는데…… 없네요."

타오르는 그녀의 시선에 주눅 들기보다는, 나의 불편함을 걱정해 주는 그녀의 상냥함에 마음이 놓인 나는 제법 여유를 갖고 대답했다.

"뒤쪽에서부터 전부 찾아보았지만, 빈자리가 없네요."

빈자리가 없는 애석함을 그녀에게 호소하듯 나는 다시 한 번 덧붙였다.

"그럼, 이리로 와요."

그녀는 마치 엉뚱한 장난을 칠 때처럼 서두르며 이렇게 말했다.

"내 무릎에 앉아도 괜찮은데……."

"무릎에요?"

나는 어리둥절해 하며 되물었다.

어린아이로서 가지고 있는 특권에 심한 부끄러움과 모욕을 느낀다는 것을 앞에서도 말한 것처럼, 그러한 특권들은 쉽사리 내 곁을 떠나지 않았다.

게다가 나는 겁 많고 부끄러움을 잘 타는 나이 어린 소년이었다. 더욱이 여자들 앞에서는 주눅이 들어, 지금과 같은 상황이 닥치면 어찌할 줄 모르고 허둥거렸다.

"그래, 무릎에 앉으라고! 왜 내 무릎에 앉으려고 하지 않는 거지?"

그녀는 강요하듯이 말하고는 점점 더 크게 웃더니, 마침내는 커다란 웃음을 터뜨렸다. 그 이유를 내가 알 리 없지만, 아마도 나를 골탕 먹이는 것이 재미나서이거나 아니면 내가 당황하는 모습이 우스꽝스러워서였을 것이다.

그녀는 한참을 그렇게 웃어 댔다. 나는 너무나 놀라고 당황한 나머지 나갈 곳을 찾기 위해 벌건 얼굴로 주위를 두리번거렸다.

그런데 그녀는 내가 밖으로 나가지 못하도록 내 팔을 잡고는 자신 쪽으로 잡아당기는 것이 아닌가. 뿐만 아니라, 정말 놀랍게도…… 내 손가락들을 부러뜨리기라도 할 것처럼 마구 꺾어 대는 것이 아닌가. 나는 너무나 아팠지만, 비명도 지르지 못하는 상태에서 온 힘을 다해 참느라고 잔뜩 얼굴을 찡그려야만 했다.

아픔을 느끼며 고통을 참고 있는 순간에도, 그녀의 손가락이 무척 부드러우면서도 따뜻하다는 생각이 들었다.

하지만 나이 어린 소년에게 말도 안 되는 제안을 해 놓고, 자신의 제안을 따르지 않는다고 그렇게 짓궂고도 교묘한 방법으로 괴롭히는 부인이 실제로 내 앞에 있다는 사실을 깨닫고는 놀라움을 금치 못했다.

나의 찡그린 얼굴은 무척이나 우스꽝스러웠을 것이고, 심지어는 멍청해 보이기까지 했을 것이다. 그래서인지 그 장난꾸러기 부인은 내 눈을 바라보며 재미있다는 듯이 계속 웃어 댔고, 불쌍한 내 손가락을 점점 더 아프게 꺾어 댔다.

그녀는 불쌍한 소년을 놀리면서 당황하게 만드는 것이 취미라도 되는지 제정신이 아닌 것처럼 보였다. 내 꼴은 정말 우스꽝스러우면서도 비참해졌다. 나는 너무나 부끄러운 나머지 벌겋게 달아오른 얼굴을 숙인 채 어찌할 줄 몰라 했다. 주위에 있던 사람들은 무슨 일이 일어났는가 싶어 돌아보는가 하면, 또 다른 사람들은 그 금발의 부인이 평소처럼 뭔가 장난을 치고 있다는 걸 알기 때문인지 빙그레 웃어 보였다.

내가 비명을 지르지 않는다는 이유로, 그녀는 내 손가락을 더욱더 잔인하게 꺾어 댔다. 그러나 나는 비명을 지르는 등 소동을 일으키고 싶지 않았다. ― 그 소동의 끝에 무엇이 기다리고 있을지는 모르지만……. 나는 인내심 강한 스파르타 인들처럼 고통을 참기로 했다.

절망적인 심정이 된 나는 마침내 온 힘을 다해 몸을 빼내려고 안간힘을 썼다. 그러나 나를 지배하고 있는 장난꾸러기 폭군은 나보다도 훨씬 힘이 더 셌다. 결국 나는 더 참지 못하고 비명을 내지르고 말았는데, 그것이 바로 그녀가 바라던 일이었던 것 같다.

순간, 그녀는 나를 떼어 내듯이 거칠게 밀어내고는…… 자신과는 아무런 관계도 없는 일인 것처럼 무심한 표정을 지어 보였다. 이를테면, 어떤 초등학생이 선생님 몰래 옆에 있는 허약한 소년을 꼬집고, 손가락으로 튕기고, 발길질하고, 팔꿈치로 찌르다가…… 재빨리 책으로 시선을 돌리고는…… 언제 그랬냐는 듯이 수업에 열중하고 있는 모습이랑 똑같았다. 자초지종을 알고 불같이 화를 내는 선생을 우롱하듯이 말이다.

그러나 다행히도 그 순간 사람들은 대부분 희극에서 주연을 맡은 집주인의 훌륭한 연기에 정신을 팔고 있었다. 모두가 박수 칠 때의 소란을 틈타 나는 첫 줄에서 빠져나와서, 홀의 반대편 끝 모퉁이로 뛰어가 기둥 뒤에 숨었다. 그러고는 그 간교한 귀부인이 앉아 있는 쪽을 놀란 눈으로 지켜보았다.

그 귀부인은 손수건으로 입을 가린 채, 아무 일도 없다는 듯이 계속 웃고 있었다. 그리고 그녀는 나를 찾으려고 연신 고개를 뒤로 돌려 구석구석 살피고 있었다. 아마도 그녀는 자신의 미치광이 같은 장난이 너무도 빨리 끝나 버려, 또 무슨 장난을 칠까 하고 궁리하는 것이 분명해 보였다.

우리는 이렇게 해서 알게 되었고, 이 만남 이후로 그 귀부인은 나에게서 한 번도 멀어진 적이 없었다. 그녀는 수단과 방법을 가리지 않고 나를 쫓아다니는 박해자이자 폭군이었다. 그녀가 나에게 치는 장난 가운데 가장 희극적인 것은, 그녀가 내 귀에 대고 '사랑한다'고 속삭임으로써 모든 사람들 앞에서 망신을 주는 것이었다.

소심하고 내성적인 나는, 이 모든 것이 너무나 괴롭고 분했지만 어떻게 대항해야 할지를 몰랐다. 그러나 번번이 당하다 보니…… 나는 사악한 귀부인과 싸워야 되겠다고 마음먹을 정도로 심각한 위기 상황에 봉착한 적도 있었다. 나의 순진한 놀라움과 절망을 보면서 그녀는 무척이나 즐거워하는 것 같았다.

그녀는 연민의 감정이라는 것을 알지 못했고, 나는 그녀에게 몸을 숨기는 방법을 알지 못했다. 그녀의 장난이 끝나지 않는 것처럼, 사람들이 터뜨리는 웃음소리 또한 멈추지 않았다. 우리의 주위에 울려 퍼지는 웃음소리는 새로운 장난에 대한 그녀의 열망을 더욱 부채질할 뿐이었다.

그러나 사람들은 차츰 그녀의 농담이 지나치다고 생각하기 시작했다. 사실, 귀부인은 나잇값을 하지 못하고, 나와 같은 어린아이들을 지나치게 함부로 대했다.

모든 면에서 살펴볼 때, 그녀는 천성적으로 어리광 부리기를 좋아하는 응석받이였다. 나중에 알게 된 사실이지만, 귀부인의 응석을 가장 귀엽게 여기며 잘 받아 주는 사람은 다름 아닌 그녀의 남편이었다.

그 부인의 남편은 매우 뚱뚱한 체격에다 키가 작은 편이었고, 활달한 성격에 붉은 얼굴빛을 띤 부유한 사람이었다. 그의 활달함은, 잠시도 가만히 있지 못하고 분주하게 움직이는 것만 보아도 충분히 짐작할 수 있었다. 그는 같은 자리에서 두 시간 이상 버티지 못하는 사람이었다. 그는 매일같이 — 그가 강조한 바에 의하면 — 업무상 모스크바에 다녀왔는데, 어떤 때는 하루에 두 번씩 다녀오는 경우도 있었다. 때문에 유쾌하면서도 희극적인 면을 가진 단정한 이 남자를 보는 일은 참으로 드물었다. 그는 자신의 아내를 애지중지하는 것은 물론이고, 연민을 느끼게 할 만큼 끔찍이 아꼈다. 그는 마치 우상을 대하듯 그녀를 숭배했다.

그는 자신의 아내를 결코 부끄러워하지 않았다. 그 부인에겐 많은 남자 친구들과 여자 친구들이 있었다. 활달한 성격의 그녀를 좋아하지 않는 사람은 거의 없을 정도였다. 그 귀부인은 장난꾸러기 폭군처럼 보였지만, 그녀의 본성 어딘가에는 지금까지 내가 말한 것과는 다른…… 진지하면서도 따뜻한 그 무엇인가가 있는 모양이었다. 게다가 그 부인은 친구를 고르는 데 지나치게 까다롭게 굴지도 않았다.

그러나 많은 친구들 중에서도…… 특히 그녀는 당시 우리 사교계에 얼굴을 내민 지 얼마 되지 않은, 먼 친척뻘 되는 한 젊은 귀부인을 유난히 좋아했다. 그녀들은 다른 사람들이 알지 못하는…… 부드러우면서도 섬세한 관계를 형성하고 있었다. 일종의 상반되는 성격을 지닌 사람들이 서로에게 호감을 가짐으로

써 맺어지는 그런 관계였다.

한 사람의 내면이 깊고 강인하고 순수하다면, 다른 한 사람은 고결한 겸손함으로 상대의 우월을 기꺼이 인정해 줬다. 그렇게 함으로써 이들 마음속에는 상대를 향한 우정이 각인되고, 부드럽고도 고결한 신뢰가 이들 사이에 뿌리내리는 것이다. 한 사람이 사랑과 겸양의 감정을 가졌다면, 다른 사람은 사랑과 존경의 감정을 가졌다고 할 수 있다.

또한 이 존경의 감정은 자신이 누군가를 그토록 소중히 여기는 데 대한 공포와 불안으로 확산되는가 하면, 또한 인생을 사는 동안 상대의 마음에 한 발 한 발 더 가까이 다가가기 위한 질투와 욕망의 감정으로 발전하기도 했다.

두 사람은 같은 또래였으나 모든 면에서 차이가 많았다. 우선 그들의 외모만을 비교해 봐도 확연히 달랐다. M 부인 역시 상당한 아름다움을 지니고 있었지만, 그 아름다움은 장난꾸러기 귀부인의 분위기와는 사뭇 달랐다. 그녀의 얼굴 속에는 연민의 정을 느끼게 하는 어떤 신비감이 서려 있었다. 정확히 말하자면, 고결하고 고양된 감정을 유발해 내는 그 무엇인가가 있었다는 것이다. 이렇듯, 세상에는 행운을 타고난 얼굴도 있는 것이다.

그녀 주위의 사물들은 어떤 방식으로든 자유롭고 친근한 모습으로 다가왔으나, 불꽃과 순수함으로 가득 찬 그녀의 커다랗고 슬픈 두 눈동자에서는 깊은 우수가 느껴졌다. 심지어는 순간순간의 공포에 휩싸여, 적대적이면서도 두려운 그 무엇을 무심하게 바라보고 있는 듯이 보이기도 했다. 이 이상한 무심함에 대비되어, 이탈리아 성모상의 밝은 얼굴이 떠오르기도 했다.

그녀의 온유하고 조용한 매력은 그녀를 바라보는 사람마저도 우울하게 만드는 이상한 힘을 발휘했다. 이 창백하고 야윈 얼굴 위에서는 단아하면서도 깨끗한 아름다움이 빛을 발하는가 하면, 우수로 가득 찬 공허함과 함께 유년기의 선명한 특성들이 간간이 투영되기도 했다. 아직 확신을 갖지 못할 나이의 순진한 행복이 빚어내는 형상, 조용하지만 안정되지 않은 미소 등이 유년기의 특성이라면 말이다.

사람들은 무의식적으로 이 부인에게 관심을 가졌고, 비록 타인이지만 그녀를 가까운 사람으로 느꼈으며, 그들의 가슴속에 부인이 소유한 달콤하고도 부드러운 인상을 아로새겼다.

그러나 이 아름다운 부인은 말수가 적어서인지, 비밀스럽게 여겨지는 구석이 있었다. 그러기에 연민의 정을 필요로 하는 누군가가 있다면, 그녀보다 더 주의를 끄는 존재는 없을 것만 같았다.

세상을 살다 보면 자비심의 화신과도 같은 여인들도 간혹 눈에 띈다. 그런 사람들 앞에선 아무것도 감출 필요가 없다. 적어도 그들의 영혼 안에는 병들고 상처 입은 감정이란 없기 때문이다.

고통에서 헤어나지 못하는 사람들은 희망을 가지고 용감하게 그들 앞으로 나아간다. 그러고는 아무 두려움 없이 무거운 짐을 내려놓는다. 그런 뒤 우리들 중 몇몇은, 무한한 용서와…… 참을성 있는 사랑과…… 동정이 이들 여인들의 마음속에서 얼마나 끊임없이 넘치는가를 알게 된다. 그리하여 동정과 위안과 희망이라는 소중한 보물들이 이들의 상처받기 쉬운 마음속에 새겨지게 되는 것이다.

상처를 잘 받는 여린 마음의 소유자들은 호기심 어린 외부의 시선을 받게 되면 재빨리 위장하기 때문에…… 그들의 슬픔은 더욱 깊게 침묵하거나 은닉되기 십상이다. 상처의 깊이나 고름, 악취도 그들을 놀라게 하지 못한다. 상처의 고통은 그것을 향유하는 자에 따라 다른 의미를 지니기 때문이다. 상처의 고통이 이들에게는 도움이 될 수도 있다.

M 부인은 큰 키에 유연하고 날씬했지만, 조금 여윈 편이었다. 그녀의 자태는 어쩐지 불안정하기도 했지만, 느려 보이면서도 경쾌했다. 무엇인지 모를 무심한 듯한 겸손이 그녀의 행동을 감싸고 있어서인지, 심지어는 신중해 보이기까지 했다. 그런가 하면…… 그녀의 행동은 무방비 상태에서 흔들리는 것처럼 보이기도 했지만, 그렇다고 다른 사람에게 도움이나 방어를 청한다

고 느껴지지는 않았다.

앞에서…… 간교한 금발 부인의 지나친 장난 때문에 내가 미칠 정도로 부끄럽고 괴로워했다는 것을 이야기한 바 있다. 그러나 나의 괴로움에는, 내가 비밀스럽게 간직해 온 바보 같은 이유가 숨겨져 있었다. 때문에 나는 두려움으로 부들부들 떨었고, 교활한 부인들의 심문하는 듯한 눈초리가 미치지 않는 어둡고 비밀스러운 구석에서 그 이유들을 하나하나 되씹어 보기도 했다. 그럴 때면 놀라움과 부끄러움과 불안으로 가슴을 조이면서 숨도 제대로 쉬지 못했다. 한마디로 말해 나는 사랑에 빠졌던 것이다.

이것은 말도 안 되는 소리고, 있을 수 없는 일인지도 모른다. 그러나 왜 나를 둘러싸고 있는 그 많은 사람들 중에서…… 어째서 오직 한 사람에게만 이토록 나의 정신이 쏠리는 걸까? 비록 내가 귀부인들을 흘끔흘끔 쳐다보면서 그들에게 관심 가질 만한 나이가 되었다고 하더라도…… 왜 나는 그녀에게서 눈을 떼지 못하는 걸까?

이러한 기분은 저녁때 더욱 자주 나타났다. 특히 날씨가 좋지 않아 사람들이 실내에 모여 앉아 있을 때, 나는 혼자 응접실 한쪽 구석에 틀어박혀 별 생각 없이 여기저기 둘러보곤 했는데, 그럴 경우에 특히 그랬다. 나를 놀려 먹는 귀부인을 제외하면

나와 이야기를 나누는 사람은 그리 많지 않았으므로, 그런 날의 저녁 무렵이면 견디기 힘들 만큼 지루했다. 때문에 그럴 때마다 나는 주위 사람들의 얼굴을 찬찬히 살펴보았고, 한 마디도 이해하지 못하는 얘기가 대부분인 대화에 아무 생각 없이 귀를 기울이기도 했다.

그런 순간에 M 부인 특유의 조용한 시선과 짧은 미소…… 그리고 아름다운 얼굴은 마치 나에게 마법을 건 듯 나를 끌어당겼다. 그럴 때마다 미묘하면서도 형용하기 힘들 정도의 달콤한 느낌이 나를 감쌌다.

나는 그녀에게서 잠시도 눈을 떼지 못할 때가 많았다. 나는 그녀의 모든 동작과 시선들에 익숙해지게 되었고, 맑은 듯하면서도 약간은 황량한 느낌이 드는 그녀의 낮은 목소리에 빠져들었다.

참으로 이상한 일이었다. 나의 모든 관찰은 나에게 달콤한 느낌과 동시에 뭐라 말할 수 없는 호기심을 함께 안겨 주었다. 그 느낌은 마치…… 그녀가 가지고 있는 어떤 비밀을 나만이 알고 있는 듯한 것이었다.

내가 가장 고통스러울 때는…… M 부인이 있는 자리에서 다른 부인들에게 모욕을 당하거나 놀림을 당하는 경우였다. 지나치게 짓궂은 장난은…… 내가 생각해도 나 자신을 지독히 우스꽝스럽게 만들었다. 사람들이 나를 어릿광대처럼 바라보며 웃음을 터뜨릴 때, M 부인의 본의는 아니겠지만 같이 있을 경우가 종종 있었다. 그럴 때면 나는 슬픔으로 제정신이 아니었고, 응접실에 들어설 용기가 나지 않아…… 나를 괴롭히는 사람들에게서 도망치기 위해 위층으로 올라가 그날의 남은 시간을 보내곤 했다.

그런데 여기서 한 가지 말해 두어야 할 것은, 나 스스로도 내가 느끼는 부끄러움이나 흥분의 정체를 이해하지 못하고 있다는 것이다.

이 모든 과정은 무의식적으로 일어났으며, M 부인과 나는 단 두 마디의 대화도 나눈 적이 없을 정도였다. 물론, 내게는 그 이상의 대화를 나눌 용기도 없었고 말이다.

어느 날, 그날도 나는 참을 수 없는 오후 시간을 보내야만 했다. 나는 너무나 지치고 힘이 빠져, 모두가 산책을 나가는 대열에서 빠져나와 집으로 돌아오고 있었다. 그 길목에서…… 인적 드문 오솔길 옆 벤치에 앉아 있는 M 부인을 보았다. 그녀는 마치 일부러 그런 외진 장소를 택한 것처럼 홀로 쓸쓸하게 앉아서, 고개를 가슴 위로 떨어뜨린 채 손수건을 만지작거리고 있었다. 그녀는 무슨 생각을 그리 깊이 하는지, 내가 그녀 앞에 다가서는 소리조차 듣지 못한 것 같았다.

잠시 뒤 나를 알아본 그녀는 얼른 벤치에서 일어나 얼굴을 돌렸는데, 나는 그때 그녀가 눈가로 손수건을 가져가는 것을 보았다. 그녀는 울고 있었던 것이다. 살그머니 눈물을 훔쳐 낸 뒤 그녀는 나를 보고 미소 지었고, 나와 함께 집으로 돌아왔다.

그때 내가 그녀와 무슨 이야기를 주고받았는지는 기억나지 않는다. 그러나 그녀는 줄곧 나에게 꽃을 꺾어 달라고 하거나, 옆길로 누가 지나가는지를 보고 오라는 등의 심부름을 시켰다. 내가 그녀의 부탁을 들어주기 위해 그녀에게서 잠시 떨어지면, 그녀는 이내 눈가로 손수건을 가져가 자신도 어찌할 수 없을 정도로 흐르는 눈물을 훔쳐 내곤 했다.

그녀의 마음에 어떤 응어리가 있기에, 아름다운 그녀의 두 눈에서 저토록 끊임없이 눈물이 흐르는 것일까?

나는 그녀가 쉴 새 없이 심부름을 시키는 것을 보고, 지금 그녀와 함께 있는 나란 존재가 그녀에게 괴로움을 안겨 주고 있다는 사실을 눈치챘다. 그녀 또한 내가 모든 것을 눈치챘음을 느끼면서도 자신을 억누르지 못하는 것 같았다. 이 모든 것이 내 마음을 더욱 아프게 했다.

그 순간, 이렇게 적절하지 못한 순간에 그녀와 함께 있는 나 자신이 절망적으로 미워졌다. 그러나 나는…… 내가 모든 것을 눈치채고 있다는 사실을 그녀에게 들키지 않으면서 조용하게 물러나는 방법을 알지 못했기에, 어쩔 수 없이 그녀와 나란히 걸었다.

슬픔과 놀라움이 뒤섞인 속에서 너무나 당황한 나머지, 나는 궁핍해진 대화를 이어 나갈 단 한 마디의 말도 생각해 내지 못했다. 이 만남은 나를 너무나 놀라게 했으므로, 저녁 내내 나는 M 부인 뒤에 앉아서 지나칠 정도의 호기심을 끌어안은 채 그녀를 계속 지켜보았다.

내가 그녀를 관찰하는 동안, 그녀와 두 번 정도 시선이 마주쳤다. 하지만 그녀는 물론이고 나 또한 그다지 놀라지 않았다. 두 번째로 시선이 마주쳤을 때는 그녀가 나에게 미소를 지어 보이기도 했는데, 그것이 그날 저녁 시간에 그녀가 보인 유일한 미소였다.

창백해진 그녀의 얼굴에서는 슬픔의 그림자가 가시지 않았다. 저녁 내내 그녀는 다른 사람에게 시비 걸기를 좋아하는 어떤 늙은 부인과 조용히 이야기를 나누고 있었다. 이 늙은 부인은 고자질과 허풍을 일삼았기 때문에 아무도 좋아하는 이가 없었고, 모두들 그녀를 두려워했다. 따라서 사람들은 원하든 원하지 않든 그녀의 비위를 건드리지 않으려고 애를 썼다.

열 시쯤에 M 부인의 남편이 도착했다. 그때까지 나는 그녀의 슬픈 얼굴에서 한 번도 눈을 돌리지 않은 채 온 신경을 집중해서 그녀를 관찰하고 있었다. 그런데 지금, 갑작스럽게 그녀의 남편이 도착하자 그녀가 온몸을 떨기 시작하는 것이 눈에 띄었다. 안색이 창백하다 못해 백지장보다도 더 하얗게 변했는데, 이는 누구라도 쉽게 알아볼 수 있을 만큼 확연했다.

나는 구석에서 사람들이 주고받는 이야기들을 단편적으로 엿들었는데, 이를 통해 M 부인의 가정생활이 그다지 행복하지 못하다는 사실을 알게 되었다.

그녀의 남편은 질투가 몹시 심한 사람이었다. 그것은 사랑이 아닌 자만심에서 나오는 질투였다. 그녀의 남편은 치밀한 사고력과 전형적인 신사상을 가진 유럽 인이었다. 그는 머리가 검고, 키가 크며, 체구가 매우 건장한 신사였다. 자신감이 가득 찬 그는 얼굴에 유럽식 수염을 기르고 있었고, 치아는 설탕보다도 더 하얗게 빛났다. 그의 모습은 전체적으로 나무랄 데 없는 신사적 분위기를 풍겼으며, 모두들 그를 '현명한 사람'이라고 불렀다.

간혹…… 아무것도 하지 않고, 또한 아무것도 하고 싶어 하지 않는 등 게으름이 몸에 밴 사람……, 즉 다른 사람의 수고 덕택에 살이 찐 사람을 종종 그렇게 부르기도 한다. 그들은 늘 '자신들의 천재성을 짓밟는', 그래서 '마음으로 받아들이기 힘든' 혼잡스럽고 달갑지 않은 상황들 때문에 자신들이 할 일을 제대로 하지 못한다고 투덜거린다. 배부른 뚱뚱보들이 어느 곳에서 나 남발하는 타르튀프(몰리에르의 희극에 나오는 위선자)의 대사가 있는데, 그들이 입만 열면 떠들어 댔기 때문에 사람들은 벌써 오래전부터 식상해 하고 있던 터였다.

이 어릿광대 같은 자들 중 일부는 자신들이 무엇을 해야 하는지를 알지 못하기 때문에 허송세월을 하면서 시간을 죽이기도 한다. 좀 더 정확히 말하자면, 그들은 무엇인가를 찾으려는 시도조차 하지 않는다. 하지만 배가 부를 대로 불러 있는 그들은…… 사람들이 자신들을…… 심장 대신 비계가 있다고 생각하지 않고…… 무엇인가 '아주 심오한 것'이 있다고 믿어 주기를 바라는 뻔뻔한 족속들이다. 하지만 그 '심오한 것'이 과연 무엇인지는 아무리 훌륭한 내과 의사라 해도 알 수 없을 것이 분명하다.

이 족속들은 남을 우둔하다면서 멸시하는 것이 일상생활화되어 있고, 만사를 자신들의 기준으로 판단하며, 물불을 가리지 않으면서 자신들의 힘을 과시하는 데 혈안이 되어 있다. 그들이 하는 일이라고는 오직 남의 약점과 실수를 들춰내는 일뿐이고, 선한 감정이라고는 가져 본 적조차 없기 때문에 자신들의 방식에 대해 부끄러워하지 않으면서 너무나도 당당하게 큰소리치며 살아가고 있는 것이다. 이런 면에서 그들의 재능은 그 누구도 따를 사람이 없을 정도다.

이 족속들은 온 세상 사람들을 바보라고 여기면서도, 사람들을 착취하여 세금을 챙기는 것은 물론이고…… 오렌지 즙을 짜듯이 필요에 따라서 계속 쥐어짜 내면 되는 존재로 간주한다. 자신들은 모든 것의 주인이고, 세상의 모든 질서는 바보들이 아닌 자신들의 현명하고 확고한 인품에 의해 이루어지는 것이라고 믿기 때문에…… 자신들에게 결점이 있다는 사실을 결코 용납하지 못한다.

그들은 늘 화려한 미사여구로 사람들을 현혹시키는데, 이 말들은 그들의 교활함을 최대한도로 감추는 수단이다. 그들은 근거 없이 퍼져 있는 유행이라도, 그 속에서 성공할 수 있는 조짐을 간파하면 다른 사람보다 먼저 유행을 습득한다. 그러고는 마치 자신들이 유행을 퍼뜨린 장본인처럼 행세한다.

그들은 깊은 연민의 감정을 표시하는 유행어를 비축해 놓는 것은 물론이고, 이성적인 판단을 통해 정의를 규명하는 유행어까지 터득하여 정의의 수호자처럼 위장하기도 한다. 그러다가 느닷없이 낭만주의를 비판하기도 하고, 아름답고 선한 모든 것들과…… 자신들보다 더 고귀한 모든 것을 헐뜯는 데 비축해 놓은 유행어를 동원한다. 어리석은 그들은 완성되지 않은 중간 단계의 진실을 알아보지 못하기 때문에…… 완성되지 않은 모든 것들을 배척하는 데 조금도 머뭇거리지 않는다.

이 우둔하면서 살찐 족속들은 모든 것이 다 갖추어진 상태에서 즐겁게만 살아왔기 때문에…… 혼자 힘으로는 아무것도 하지 못할 뿐 아니라, 세상의 모든 질서가 얼마나 많은 사람들의 노력에 의해 이루어지는가를 결코 알지 못한다. 그러므로 자신들의 기름기 도는 감정을 건드리는 방해자가 나타나면, 그것을 도전이라고 생각하고…… 이를 응징하려 든다. 하지만 바로 응징하는 것이 아니라, 기억의 주머니에 보관해 두었다가…… 기회가 오면 즐기듯이 방해자에게 복수하는 것이다.

내가 지금 이렇게 장황하게 묘사하고 있는 주인공은…… 터지기 일보 직전에 있는 거대한 자루처럼 몸집이 비대했지만, 온갖 세련된 말과 다양한 기교로써 사람들을 현혹시킬 줄 아는 인물이다.

게다가 M 부인의 남편은 별난 데가 있는 사람이었다. 풍자와 재담 등에 능하기 때문인지, 그의 주위에는 언제나 사람들이 모여들었다. 특히 그날 저녁, 그는 사람들에게 깊은 인상을 심어주기에 충분할 만큼 시종일관 대화를 주도해 나갔다. 그의 활달함에 주변 사람들까지도 덩달아 즐거워하며, 분위기가 고조되었다.

그러나 M 부인은 아픈 사람처럼 안색이 창백해 보였다. 그녀의 표정이 너무나 슬퍼 보여서, 나는 순간적으로 아까 보았던 눈물이 그녀의 긴 속눈썹에서 다시 떨어질까 봐 가슴이 조마조마했다.

이날 저녁, 나는 이상한 호기심에 휩싸인 채 잠자리에 들었다. 그 무렵 나는 기이한 꿈을 꾸는 일이 거의 없었는데, 그날은 밤새도록 M 부인의 남편 꿈을 꾸었다.

다음 날 아침, 나는 살아 있는 그림 놀이의 역할 연습을 하기 위해 아래층으로 내려갔다. 집주인의 어린 딸 생일인 닷새 뒤에 연극과 함께 살아 있는 그림 놀이도 하기로 계획되어 있었기 때문이다. 이 잔치는 거의 즉흥적으로 열리는 것이라, 모스크바와 주변 영지에서 몰려든 1백여 명가량의 손님들로 인해 말로 표현할 수 없을 정도로 소란하고 혼잡스러웠다.

살아 있는 그림의 예행연습, 더 정확히 말하자면 의상 확인 작업은 원래 아침에 하기로 한 것이 아니었다. 그러나 총감독인 R 씨가 공연에 쓰일 잡다한 소품들을 구입하고, 행사 준비를 마무리하기 위해 시내로 나가 봐야 했으므로 우리를 일찍 불러 모은 것이었다. 지금 별장에 와 있는 R 씨는 주인의 친구인데, 주인의 부탁으로 행사의 총감독을 맡은 유명한 화가였다.

나는 M 부인과 함께 한 그림의 연출에 참여하고 있었다. 그 그림은 중세의 생활상을 보여 주는 것이었는데, '성(城)의 안주인과 시동(侍童)'이란 제목의 그림이었다.

부인과 함께 연습하는 동안 내내 불안했다. 내가 보기에⋯⋯ 나의 눈에서 어제 이후로 싹트기 시작한 모든 생각과 의심 그리고 추측을 그녀가 알고 있는 것처럼 느껴졌기 때문이다. 그녀 입장에서는 자신의 눈물과 슬픔을 봐 버린 어린 꼬마가 그다지 유쾌하게 여겨지지는 않을 듯싶었다.

그러나 다행히도 별다른 동요 없이 일이 진행되었다. 그녀는 나라는 존재를 전혀 의식하는 것 같지 않았다. 내가 보기에 그녀는 어둡고 우울한 생각에 빠져 있어서, 나나 연습에 신경 쓸 여유가 없는 듯했다. 틀림없이 어떤 걱정거리가 생겨 괴로워하는 것 같았다.

역할 연습이 끝나고 10분쯤 지나, 나는 옷을 갈아입은 다음 정원 쪽으로 나 있는 테라스로 나갔다. 내가 막 테라스로 나갔을 때 M 부인도 다른 문에서 나왔다. 그리고 때마침 자기만족에 가득 찬 M 부인의 남편이 나타났는데, 그는 한 무리의 귀부인들을 한가한 카발리에 세르방(cavalier servant, 남을 친절하게 보살피는 기사를 말함)에게 인계하고 사람들이 많이 모여 있는 정원에서 돌아오는 길이었다.

남편과 부인의 만남은 미리 약속된 것이 아닌 모양이었다. M 부인은 갑자기 당황하는 것처럼 보였고, 그녀의 동작에서는 알 수 없는 초조함과 거부하는 듯한 느낌이 어렴풋이 드러났다.

게다가 그녀의 남편은 손으로 연신 자신의 볼수염을 가다듬고, 입으로 아리아 한 곡조를 휘파람으로 불면서 태평하게 돌아오다가, 그녀를 보자마자 얼굴을 찌푸렸고, 심문관처럼 번뜩이는 눈빛으로 그녀를 바라보았다.

"당신, 정원으로 가는 길이오?"

그는 부인의 손에 들린 양산과 책을 흘낏 보면서 이렇게 물었다.

"아니요, 숲으로 가는 거예요."

그녀가 남편을 외면하며 대답했다.

"당신 혼자서 가오?"

"이 아이랑 같이 가요……."

나를 가리키며 M 부인이 말했다.

"저는 아침마다 혼자 산책해요."

그녀는 거짓말을 처음 할 때 나오는…… 희미하게 떨리는 목소리로 이렇게 덧붙였다.

"그래요…… 나는 방금 그곳으로 일행을 바래다주고 오는 길이오. 그들은 그곳 정자에 모여 N을 배웅할 거요. 당신도 알다시피 오데사에 무슨 나쁜 일이 일어나서, 가 봐야 하는 모양이오. 당신의 친척(금발의 부인을 말함)은 웃다가…… 울었다가…… 한마디로 정신이 없더군. 그건 그렇고, 당신이 N에게 뭘

가 화난 일이 있다고 그녀가 그러던데…… 당신이 그를 배웅하지 않는 것을 보니…… 물론 빈말이겠지요?"

"그녀가 괜한 소리를 하는 거예요."

테라스의 계단을 내려오며 M 부인이 말했다.

"그래, 이 아이가 늘 당신과 붙어 다니는 카발리에 세르방인가?"

그는 돋보기 달린 안경을 통해 나를 바라보면서 입을 비죽거렸다.

"난 시동이에요!"

나는 그의 비웃음과 돋보기안경에 그만 화가 나서 이렇게 소릴 질렀다.

그러고는 그의 얼굴을 똑바로 쳐다보며 크게 웃고 나서, 테라스의 계단을 단번에 뛰어내렸다.

"잘 다녀오시오!"

M 부인의 남편은 나를 무시한 채 이렇게 말한 다음 가던 길을 계속 갔다.

물론 나는 M 부인이 자신의 남편 앞에서 나를 가리키자마자 즉시 그녀 곁으로 다가갔다. 그런 다음 마치 한 달도 넘게 아침마다 그녀와 함께 산책했고, 오늘도 이미 한 시간 전에 함께 산책하자는 부탁을 받고서 나온 것처럼 그녀를 바라보았다.

그러나 여전히 이해되지 않는 것들이 있어 마음이 혼란스러웠다.

그녀는 왜 산책한다고 말하지 않았을까? 이제 나는 그녀를 어떻게 바라보아야 하는 걸까?

그러나 놀라움에 휩싸인 채 나는 그녀를 흘긋흘긋 쳐다보기 시작했다. 그러나 역시 한 시간 전의 연습 때처럼, 그녀는 나의 눈길과 나의 소리 없는 질문들을 알아차리지 못했다. 대신에 조금 전보다 더 격렬해지고 더 깊어진 고통과 걱정이 그녀의 얼굴과 불안한 발길에서 고스란히 드러났다.

그녀는 점점 발걸음을 빨리 하며 서둘렀는데, 정원 쪽으로 난 모든 오솔길과 숲의 샛길 들을 줄곧 걱정스럽게 바라보면서 걸었다. 나는 무슨 일인가가 일어날 듯한 예감이 들어 안절부절못했다.

갑자기 우리 뒤쪽에서 말발굽 소리가 들려왔다. 사교계를 떠나게 된 N을 배웅하기 위해 길을 나선 승마복 차림의 귀부인들과 신사들 일행이었다. 그중에는 웃다가 울다가를 반복하며 정신이 없다던…… 장난꾸러기 금발 귀부인도 있었다. 그러나 그녀는 지금 원래의 성격대로 어린애처럼 깔깔거리며 말을 세차게 몰고 있었다.

N은 우리 앞을 지나갈 때 잠시 모자를 벗었으나, 멈춰 서지도

않았고 M 부인과 단 한 마디의 말도 나누지 않았다. 일행은 이내 시야에서 사라졌다.

M 부인을 돌아다보았을 때, 나는 놀라서 소리를 지를 뻔했다. 그녀는 백지장처럼 창백해진 얼굴로 굵은 눈물을 뚝뚝 흘리고 있었다. 그러다가 나와 시선이 마주치자 M 부인은 갑자기 얼굴을 붉히면서 고개를 옆으로 돌렸다. 그녀의 얼굴에는 걱정과 노여움의 물결이 일렁이고 있었다.

내가 어제보다 더한 방해꾼이 된 것은 불을 보듯 분명한 일이었지만, 그렇다고 해서 내가 무엇을 어쩔 수 있단 말인가?

M 부인은 마치 내 마음을 읽기라도 한 것처럼, 손에 든 책을 펼쳐 들었다. 나를 보지 않으려고 애를 쓰다가 갑자기 생각난 듯, 얼굴을 붉히면서 나에게 이렇게 말했다.

"이건 2권인데, 내가 실수로 책을 잘못 가져왔나 봐. 1권을 가져다주면 좋겠는데……."

모든 것이 너무 뻔히지 않은가! 내가 해야 할 역할은 끝났지만, 나를 노골적인 방법으로 쫓아 버리는 것이 미안하니까 핑곗거리를 만든 것이다.

나는 2권을 집어 들고 집으로 뛰어갔지만, 그녀에게 되돌아가지 않았다. 그 결과, 그날 아침 탁자 위에는 책 1권과 2권이 나란히 놓여 있었다.

하지만 나는 제정신이 아니었다. 나의 가슴은 무엇인가에 몹시 놀란 듯 세차게 고동쳤다. 나는 모든 노력을 다해 M 부인과 마주치지 않으려 하면서도, 저속한 호기심을 억누르지 못하고 자만심에 가득 차 있는 M 부인의 남편을 관찰하기 시작했다. 마치 그녀와 관련된 특별한 무엇을 반드시 찾아내기라도 할 것처럼 말이다.

나는 포기하지 못하고 매달리는 이 우스꽝스러운 호기심의 정체가 무엇인지 알 길이 없어, 누구에게 말도 하지 못한 채 속으로만 끙끙 앓았다. 하지만 내가 지금까지 기억하고 있는 것은…… 그날 아침에 내가 본 모든 것들에 대해 느꼈던 이상한 놀라움뿐이다.

그날은 여러 가지 사건들로 가득 찬 하루였다. 그날, 우리는 아침을 먹은 다음 축제가 열리고 있는 이웃 마을로 나들이를 다녀오기로 했다. 때문에 나들이를 준비하기 위해서 아침 일찍부터 움직여야만 했다. 나는 이 여행이 가져다줄 무한한 즐거움을 기대하며, 사흘 전부터 이날을 손꼽아 기다려 왔다.

모두들 커피는 테라스에서 마시기로 했다. 나는 조심스럽게 발길을 옮겨 세 번째 줄에 있는 안락의자에 자리를 잡았다. 나는 여전히 호기심에 사로잡혀 있었지만, M 부인의 눈에 띄고 싶지는 않았다. 따라서 우연이었지만…… 금발의 부인 옆에 앉은 것이 다행으로 여겨졌다.

금발 부인에게 어떤 기적이 일어났는지, 지금 그녀의 모습은 평소보다 두 배는 예뻐진 듯싶었다. 나는 이런 일이 어떻게 해서 일어나는 것인지는 아직도 모르지만, 여자들에게 이런 기적은 드물지 않게 일어난다고 한다.

그때 우리 사교계에 새로운 손님이 나타났는데, 그는 키가 매우 크고 얼굴이 하얀 젊은이로, 금발 부인을 흠모한다고 소문난 사람이었다. 그는 조금 전에 모스크바에서 막 도착했는데, 마치 금발 미인을 사랑한다는 풍문이 돌던 N 씨가 떠나간 빈자리를 메우기 위함 같았다.

이 새로운 손님은 이미 오래전부터, 셰익스피어의 '헛소동'에 나오는 베네딕트가 베아트리체와 갖는 관계를 그녀와 맺고 있었다. 결과적으로, 금발 미인은 이날 대단한 성공을 거두었다. 그녀의 농담과 수다스러움은 우아하면서도 신뢰를 느끼게 할 정도로 순수했다. 조심성 없는 태도 또한 한도를 넘어서지 않았다. 모두들 그녀가 표출하는 우아함에 열광하면서 그녀에게 환호를 보냈다. 모여 있던 사람들은 그녀의 매력에 혼을 빼앗긴 듯했다. 그토록 매력적인 그녀 모습을 나는 처음 보았다.

그녀의 한 마디 한 마디에 사람들은 잔뜩 기대를 했고, 어느새 그녀의 말은 사람들이 따라 할 정도로 인기를 끌어 주위로

퍼져 나갔다. 사람들은 그녀의 농담이나 수다에 귀 기울이면서, 한 마디도 놓치지 않으려는 듯이 자리를 떠나지 않았다.

지금까지는 사람들이 그녀에게서 그토록 풍부한 재기와 매력과 지혜를 발견하지 못했던 것 같다. 그녀가 지금 보여 주는 모든 장점들은, 그동안 우스꽝스러운 단계에까지 이른 그녀의 고집스러운 유치함과 기상천외한 장난에 가려져 있었던 것이다. 그 장점들을 일찍이 발견한 사람도 극히 드물었지만, 설사 그것을 발견했다 하더라도 그것을 장점이라 믿으려 하지 않았다. 때문에 지금 그들이 목격하는 예사롭지 않은 그녀의 모습은 대단한 놀라움으로 사람들에게 다가왔다.

그런데 이 놀라움에는 어떤 특별하고도 매우 미묘한 상황이 작용했는데, 이는 M 부인의 남편이 맡은 역할을 보면 더 확실히 알 수 있었다. 이 장난꾸러기 금발 부인은 ― 모든 사람들이 만족할 만큼, 아니 적어도 젊은이들이 만족할 만큼 ― 여러 방면으로 M 부인의 남편을 공격했는데, 그녀가 그렇게 한 데는 나름대로 이유가 있었던 듯싶다.

금발의 귀부인은 M 부인의 남편과 함께, 누가 보아도 껄끄럽고 불쾌하고 입에 올리기 불편한 화제들을 놓고 일대 공방전을 벌였다. 장난꾸러기 귀부인은 신랄하고 빈정대는 듯한 어투로 M 부인의 남편을 야유하며 몰아붙였다.

그들은 정곡을 찌르는 말들로 상대방을 공격하여 아프게 했으므로, 당하는 입장에서 보면 어처구니없으면서도 우스꽝스럽지만…… 자칫 잘못하면 절망에 빠질 정도로 희생을 감수해야 하는 불가항력적인 것이었다. 확실하지는 않지만, 이 적의에 가득 찬 공방전은 즉흥적인 것이 아니라 이미 계획된 것이 아닌가 싶을 정도였다.

이 절망적인 공방전은 식사가 시작될 무렵부터 이루어졌다. 내가 '절망적'이라는 표현을 쓴 것은, M 부인의 남편이 곧 자신의 무기를 내려놓았기 때문이다. 그는 비참하게 패배하지 않기 위해, 결정적인 불명예를 뒤집어쓰지 않기 위해…… 선천적으로 부족한 지혜와 재치를 짜내느라 안간힘을 썼지만 역부족이었다. 이 공방전은 당사자와 구경꾼 모두가 쉴 새 없이 웃어 대는 가운데 진행되었다. 그러나 적어도 M 부인의 남편에게는 어제와 같은 재기가 보이지 않았다. 이 광경을 바라보고 있던 M 부인이 몇 번인가 자신의 조심스럽지 못한 친구이자 친척인 금발 부인을 저지하려고 하는 것이 눈에 띄었다. 그러나 금발의 부인은 멈추지 않았고, 도리어 질투심 많은 M 부인의 남편에게 우스꽝스러운 옷을 입히기 위해 애를 썼다. 그 우스꽝스러운 옷은 바로 '블루 비어드'의 옷이었다.

이 점은 내 기억들을 떠올려서, 이 싸움에서 맡았던 나의 역할을 분석해 볼 때 명백한 것이었다. 전혀 예상하지 못했던 그 일은 너무나도 갑작스럽게, 가장 우스운 방식으로 일어났다.

그때 나는 일부러 다른 사람들의 시선을 무시하면서, 그때까지 스스로 취해 왔던 조심스러운 태도를 잊은 듯이 행동했다.

금발의 귀부인은 갑자기 M 부인 남편의 진짜 연적으로 나를 거론하며 이야기의 도마 위에 올려놨는데, 심지어는 내가 M 부인을 사랑하고 있다는 말까지도 서슴없이 해 댔다.

그녀는 이 사실에 대해 확실한 증거를 댈 수 있다고 주장하면서, "오늘 아침에 숲 속에서 본 것인데……" 하고 말하는 것이었다.

그러나 그녀는 말을 끝내지 못했다. 내가, 그녀에게 가장 절망적이었던 그 순간에 그녀의 이야기를 차단해 버렸기 때문이다.

이 순간은 그토록 무자비하게 계산된, 장난의 극치까지 가도록 설정된…… 뭐라 말할 수 없이 우스운 그런 순간이었다. 그렇기에 이 장난의 마지막 순간에 참을 수 없는 웃음이 모든 사람들에게서 터져 나오지 않았겠는가.

그때 나는 그처럼 역겨운 역할을 스스로 자청하지 않아도 된다는 것을 알고 있었다. 하지만 너무도 놀라고 당황스러워서…… 슬픔과 절망으로 가득 찬 부끄러움의 숨결로 어찌할 줄 몰라 하다 자리에서 벌떡 일어났다. 그러고는 두 줄의 의자를 밀치고 앞으로 나가서, 장난꾸러기 금발 부인에게 소리쳤다. 물론 더듬거리는 어눌한 말투로…….

"부끄럽지도 않나요? 모든 부인들이 다 앉아 있는 데서…… 그렇게 치사한…… 거짓말을…… 큰 소리로 떠드는 게……. 게다가 어린애를 들먹거리면서…… 남자들이 다 있는 데서…… 어떻게 그런 말을 할 수가 있어요? 사람들이 당신을 보고…… 도대체 뭐라고 하겠어요? 어른이…… 더군다나 결혼까지 한 사람이……."

그러나 나는 말을 끝맺지 못했다. 주위에서 요란한 박수 소리가 들렸기 때문이다.

나의 행동은 대단한 반향을 불러일으켰다. 나의 순진한 제스처와 눈물, 그리고 무엇보다도 M 부인의 남편을 방어하려는 듯한 나의 행동에 사람들은 웃음을 멈추지 못하고 뒤집어졌다. 지금 생각해 보면 나 스스로도 터져 나오는 웃음을 참을 수가 없다.

나는 허탈함과 두려움으로 거의 정신을 잃을 뻔했다. 벌겋게 달아오른 얼굴을 두 손으로 가리고 그곳을 뛰쳐나가려던 나는 문턱에 걸려서 넘어지고 말았다. 그러나 하인의 손에 들린 접시를 깨뜨린 것도 아랑곳하지 않고 2층의 내 방으로 올라갔다. 나는 문 바깥쪽에 꽂혀 있던 열쇠를 뽑아 방 안쪽에서 굳게 걸어 잠갔다.

그렇게 한 것은 무척이나 잘한 일이었다. 왜냐하면 사람들이 바로 내 뒤를 쫓아왔기 때문이다.

얼마 지나지 않아 내 방문을 에워싼 아름다운 귀부인들은 참새 떼처럼 동시에 떠들어 댔고, 높은 소리로 웃어 댔으며, 잠시도 수다를 멈추지 않았다.

그들은 모두 내게 잠깐만 문을 열어 보라고 부탁했다. 그들은 내가 문을 열더라도 절대로 나를 비웃지 않을 것이며, 단지 내게 위로의 키스만 해 주겠다고 했다. 그러나 그보다 더한 위협이 세상에 어디 있겠는가?

나는 방 안에서 베개에 얼굴을 파묻고는 부끄러움으로 얼굴이 달아오르는 것을 느끼며 대답도 하지 않았다. 그들은 오랫동안 방문을 두드리며 갖은 말로 회유했으나, 나는 아무것도 듣지 못한 것처럼 열한 살 난 아이답게 끝까지 버텼다.

난 이제 어떻게 해야 한단 말인가? 내가 그토록 애태우며 소중하게 간직하던 것이 모조리 드러나고 말았으니……. 내게는 지울 수 없는 부끄러움과 치욕의 굴레가 씌워진 것이다.

하지만 나 자신도 내가 그토록 무서워하고 숨기려고 애쓴 것이 무엇인지 그 정체를 알지 못했다. 그러나 나는 무엇인가를 두려워했고, 그 무엇인가가 탄로 날까 봐 바들바들 떨면서 전전긍긍했던 것이다.

나는 그때 그 무엇이라는 것이 도대체 적절한 것인지 아닌지, 자랑스러운 것인지 부끄러운 것인지를 판단할 능력이 없었다. 지금에 와서 고통과 깊은 우수 속에서 생각해 보면, 그것은 단지 '우스꽝스럽고 치졸한'것이었을 뿐이다.

그 당시 나는 나의 이러한 판단이 얼마나 무모하고 어이없는 것인가를 본능적으로 느끼고 있었지만, 나의 체면은 이미 짓밟히고 구겨져 있었다. 나의 사고(思考)는 정지된 듯했고, 방향을 잃은 듯했다. 나는 나에게 내려진 이러한 판결에 대항할 수도 없었지만, 그렇다고 받아들일 수도 없었다. 멍한 상태에서 내가 느끼는 것은, 나의 마음이 부끄러움조차도 제대로 못 느낄 정도로 무참하게 상처를 입었으며…… 하염없이 흐르는 눈물에 젖어 있다는 사실뿐이었다.

나는 떨리는 몸을 가누지 못했다. 인생에서 처음으로 슬픔과 모멸을 맛보아서인지, 그전까지 내가 깨닫지 못했던 분노와 증오가 내 안에서 들끓었다. 형체가 불분명한, 아직 내가 맛보지 못한 어떠한 감정이 어린아이에 불과한 나를 무참히 짓밟았다.

아직 어린아이에 불과한 내가, 벌거숭이가 되어 부끄러움에 노출됨으로써 그토록 동경했던 아름다운 모든 것에서 격리된 것이었다. 물론 나에게 모멸감을 주면서 경멸하는 사람들은 나의 이러한 고통이나 내면에 대해 짐작조차 하지 못했다.

아직까지도 그 정체를 알지 못한 채 두려워하고 있는 나에게 은밀한 상황이 다가왔다. 그때 슬픔과 절망에 젖은 나는 베개에 얼굴을 묻고 침대에 누워 있었고, 열기와 떨림이 끊임없이 반복되어 제대로 정신을 차리지 못했다.

그런 와중에 두 가지 질문이 나를 괴롭혔다. 하나는, 장난꾸러기 금발 부인이 숲 속에서 나와 M 부인의 어떤 광경을 보았느냐 하는 것이었다. 그녀가 도대체 어떠한 모습을 보았단 말인가? 두 번째로는, 지금 M 부인의 눈에 내가 어떤 모습으로 비칠지가 궁금했다. 그러면서 어찌하여 나는 수치심과 절망으로 두려워하고 떨면서도 아까 그 자리에서 죽지 않았는가 하는 것이었다.

정원에서 들려오는 끊임없는 소음이 나를 기억 상실 상태에서 차츰 깨어나게 했다. 나는 일어나서 창문으로 다가갔다. 온 정원이 마차와 말들과 분주하게 쏘다니는 하인들로 가득 찼다. 모두들 어디론가 떠나는 것 같았다. 몇 명의 기수들은 벌써 말 위에 올라타 있었고, 다른 손님들도 제각기 마차에 올라타느라 분주했다.

나는 문득, 그날로 예정되어 있던 나들이를 떠올렸다. 그러자 새삼스럽게 마음속에서 걱정이 피어올랐다. 나는 잔뜩 긴장한 상태로 정원에 있는 내 독일산 말을 찾아보려고 계속 창밖을 기웃거렸으나 보이지 않았다. 모두들 나에 대해서는 잊고 있는 듯했다.

나는 마침내 더 이상 참지 못하고 지금까지의 부끄러움과 모욕감을 잊은 채 아래층으로 뛰어 내려갔다. 그러나 나를 기다리고 있는 것은 어이없는 소식이었다. 나에게는 승마용 말도, 마차의 자리도 배당되어 있지 않았다. 다른 사람들이 이미 모든 자리를 차지하고 있어서, 나는 포기하는 수밖에 없었다.

또 다른 슬픔에 젖은 채 나는 현관 계단에 서서…… 나를 위한 자리라고는 어디에도 없는 사륜마차, 1인용 마차, 반포장 마차의 행렬과, 달리고 싶어서 안달이 난 말들 위에 올라탄, 성장한 여자 기수들을 우울하게 바라보았다.

남자 기수들 중 한 사람이 나타나지 않는 바람에 그를 기다리느라 모두들 떠나지 못하고 있었는데…… 정원 입구에서는 그의 말이 계속 몸을 떨면서 놀란 듯 뒷발로 서기도 하고, 재갈을 흔들면서 말발굽으로 땅을 찍으며 흐르릉 소리를 내고 있었다.

마부 두 명은 그 날뛰는 말의 재갈을 조심스레 잡고 있었으며, 사람들은 안전거리를 유지하려는 듯 그 말에게서 일정하게 떨어져 있었다.

내가 이들과 함께 떠날 수 없던 이유는 새로운 손님들이 너무 많이 와서 마차와 말의 좌석을 모두 차지해 버렸기 때문이기도 했지만 말 두 마리가 아팠기 때문인데, 그중 한 마리가 바로 내 독일산 말이었던 것이다.

그러나 이런 상황 때문에 떠날 수 없게 된 사람은 나뿐만이 아니었다. 알고 보니 내가 이미 말했던 얼굴이 하얀 그 젊은이도 나처럼 타고 갈 말이 없었다. 집주인은 이런 유쾌하지 못한 상황을 해결하기 위해 최후의 방법까지 동원했는데, 광기 어린 난폭함 때문에 거의 타지 않고 있던 자신의 수말을 젊은이에게 권유했던 것이다. 그러면서도 주인은 마음에 켕기는 것을 털어내듯, 그 말은 성질이 워낙 거칠기 때문에 그놈을 타고 달리는 것은 불가능하다면서 살 사람만 있었더라면 진작 팔아 버렸을 거라는 말을 덧붙였다.

그러나 이러한 경고에도 불구하고 그 젊은이는 자신이 말을 썩 잘 탄다면서, 일행과 함께 떠나기 위해서라면 그보다 더 난폭한 말이라도 타고 가겠노라고 대답했다. 이 말을 들은 주인은 아무 대답도 하지 않았지만, 그의 입가에 이중적인 교활한 미소가 번지는 것이 느껴졌다.

자신의 승마 솜씨를 뽐내기 위해 젊은 기수가 복장을 갖추며 채비를 하는 동안, 주인은 아직 자신의 말에 오르지 않은 채 초조하게 손을 비비며 문 쪽을 바라보고 있었다. 난폭한 수말을 붙들고 있는 마부들은, 사람 하나쯤 그냥 손쉽게 떨어뜨려 죽일 수도 있는 그런 말을 모든 사람들이 보는 앞에서 자신들이 붙잡고 있는 것이 자못 자랑스러운 모양이었다. 겁 없이 말을 타겠다고 나선 그 젊은이가 나타날 문 쪽을 바라보고 있는 그들의 번뜩이는 눈은 어딘가 모르게 그들 주인과 닮아 있었다.

말도 마치 자신의 주인이나 마부들의 생각을 모두 알고 있는 것처럼 행동했다. 호기심 어린 수많은 눈들이 자신을 지켜보고 있음을 깨달은 듯, 말은 모든 사람들 앞에서 자신의 난폭함을 한껏 과시하며 오만불손하게 굴었다. 그 꼴은, 마치 구제 불능의 난봉꾼이 자신의 너저분한 행동을 부끄러워하는 것이 아니라 도리어 자랑하려는 듯한 바로 그런 태도였다. 말은 자신의 위상을 침해한 그 젊은이에게 올 테면 와 봐라 하며 도전장을 던지는 것 같았다.

드디어 예의 그 용감한 젊은이가 나타났다. 일행에게 늦어서 죄송하다고 사과한 뒤, 그는 장갑을 끼면서 앞도 보지 않고 성급하게 계단을 내려왔다. 그는 바로 손만 뻗치면 말갈기가 잡힐 만한 거리에 이르러서야 발걸음을 멈추고는 눈을 들어 말을 쳐다보았다.

그때 마침 말이 화가 난 듯 펄쩍 뛰면서 뒷발로 서자, 지켜보던 사람들이 놀라서 비명을 질러 댔다. 젊은이는 뒤로 물러서더니 그 거친 말을 바라보며 잠시 망설이는 것 같았다. 말은 내내 분함을 참지 못하겠다는 듯이 콧김을 내뿜으면서 핏발 선 눈으로 주위를 둘러보고는 앞발을 높이 추켜올렸다. 마치 자신을 붙잡고 있는 마부 두 명을 그대로 매단 채 질주라도 하겠다는 자세였다.

젊은이는 어떻게 해야 할지 결정하지 못하고 한참을 서 있었다. 그러다가 마침내 마음을 정했는지 눈을 들어 놀란 표정으로 서 있는 주변의 귀부인들을 둘러보았다.

"매우 훌륭한 말이군요!"

그는 얼굴을 살짝 붉히며 혼잣말을 하듯 중얼거렸다.

"저 말을 타고 달린다는 것은 매우 유쾌하고 즐거운 일일 겁니다. 그러나 저는 타지 않겠습니다."

그는 현명하고 지혜로운 얼굴에 순수한 웃음을 담고 주인을 바라보며 이렇게 말했다.

"그래도 저는 당신을 진심으로 훌륭한 기수라고 칭찬하고 싶습니다. 정말입니다."

그 손댈 수조차 없이 난폭한 말의 주인은 젊은이의 손을 뜨겁게 움켜잡으며 감사의 마음을 표시했다.

"당신은 첫눈에 저 말의 성격을 파악했기 때문입니다."

주인은 일이 잘 마무리된 탓인지 여유를 가지고 덧붙였다.

"23년간이나 기병대에 있던 저도 이 식충이 같은 녀석 위에 앉아 보려고 세 번이나 시도했지만 번번이 땅에 떨어지는 영광을 맛보아야 했습니다. 어이, 탄크레드! 여기서 너를 탈 만한 사람은 없구나. 일리야 무로메츠(러시아 고대 설화에 등장하는 장수) 정도는 되어야 네 녀석을 탈 수 있을 것 같다. 지금 아랫마을에선 네놈의 이빨이 빠질 날만을 기다리고 있을 게다. 자, 이놈을 도로 끌고 가거라! 손님들을 놀라게 하는 건 이것으로 충분하다. 공연히 끄집어내어 소란을 피웠군."

그는 흡족한 미소를 띠며 말을 맺었다.

탄크레드가 주인에게 아무런 이익도 가져다주지 못하면서, 단지 음식만 쓸데없이 먹어 치웠다는 것은 사실이었다. 그럼에도 불구하고 기병대 출신의 늙은 주인은, 그럴듯한 외모 하나만 빼면 아무짝에도 쓸모없는 식충이 같은 이 말을 위해 엄청나게 많은 비용을 들이면서 정성스럽게 보살폈다. 그런데 지금 그 탄크레드가 스스로의 장점을 실추시키지 않으면서, 또 다른 기수 하나를 굴복시켰으니 얼마나 대견스럽겠는가.

"당신, 정말로 안 가실 건가요? 그렇게 겁이 나세요?"

금발의 귀부인이 소리쳤다. 그녀로선 자신의 호위 기사인 그 젊은이가 자기 곁에 있어 주길 바랐던 것이다.

"네, 보통 녀석이 아닙니다."

젊은이가 대답했다.

"진정으로 말씀하시는 건가요?"

"그럼, 당신은 제가 말에서 떨어져 목뼈라도 부러지면 좋겠습니까?"

"그렇게 겁이 나면 어서 제 말에 올라타세요. 제 말은 얌전하니까 겁낼 필요 없어요. 더 이상 지체하지 말고, 말을 바꿔 타요. 제가 그 말을 탈 테니까요. 그 말이라고 해서 늘 사납기만 하겠어요?"

말을 마친 장난꾸러기 부인은 자신의 말에서 풀쩍 뛰어내렸다.

"당신이 탄크레드를 잘 몰라서 하는 소리오. 그놈이 당신의 어설픈 안장을 자기 등 위에 얹도록 허락하지 않을 것이오. 또한 내가 당신의 위험을 그냥 보고 있을 수도 없고 말이오. 만일 어디라도 다치면 정말 큰일 아니겠습니까!"

주인은 늘 그렇듯이 가식적인 섬세함과 어눌함으로 무장하고 허세를 부리며 이렇게 충고했는데, 그는 마음씨 좋은 늙은 군인의 권유가 귀부인들의 마음에 들기를 바랐다. 그러나 그것은 그의 바람에 불과했다. 이러한 말투는 모든 사람이 이미 잘 알고 있는 닳고닳은 그의 주특기였기 때문이다.

"어이, 울보 도령. 너 한번 타 보지 않으련? 굉장히 가고 싶어 했잖아."

장난꾸러기 귀부인은 나를 발견하더니, 고갯짓으로 탄크레드를 가리키며 놀리듯이 말했다. 자신도 말 타는 것이 두려우니까

체면을 세우려고 나를 걸고넘어지려는 수작이 분명했다. 그녀의 눈에 띈 것은 전적으로 나의 부주의함 때문이었지만, 나를 발견하자마자 그녀는 나를 가만히 놔두지 않기로 작정한 듯했다.

"너는 누구처럼…… 그렇게 겁내지 않을 거야. 너는 유명한 영웅이니까…… 사람들이 지켜볼 때 겁내는 모습을 보이지 않겠지. 그렇지, 요 귀여운 꼬마야."

장난꾸러기 귀부인이 슬쩍 M 부인을 쳐다보며 이렇게 덧붙였는데, 마침 M 부인이 타고 있던 마차가 현관 앞에 있었다. 그녀가 M 부인을 쳐다보는 순간, 나는 멍해지면서 모든 것이 멈추는 것만 같았다.

그러나 마치 어린 악동처럼 행동하는 이 부인의 도전을 갑자기 받았다고 할 수도 없는 노릇이었다. 이 장난꾸러기 귀부인이 탄크레드를 타 보인다면서 앞으로 나섰을 때, 내 마음속에서 복수와 증오의 감정이 들끓었기 때문이다.

갑자기 내 머릿속에 한 가지 생각이 퍼뜩 떠올랐다. 그것은 전광석화처럼 아주 짧은 순간에 일어났다. 나는 점화된 화약이 폭발할 때처럼, 내 안에 들끓고 있던 감정을 분출시켜야겠다는 생각을 순간적으로 한 것이다. 그러자 그동안 시들었던 기력이 다시 회생하는 것 같았고, 나의 마음은 거센 분노의 감정으로 걷잡을 수 없이 출렁거렸다. 나는 당장에 많은 사람들이 보는 앞에서 내가 어떤 사람인지를 보여 줌으로써 나를 경멸하고 괴롭힌 자들을 모조리 무찌르고 싶었다.

전에는 한 번도 경험해 보지 못한, 지금과 같은 상황에서 누군가가 나에게 알 수 없는 신묘한 힘을 부여하는 듯했고…… 내 머릿속에는 전쟁 영웅, 마차 경주, 아름다운 귀부인들, 승리를 축하하기 위해 몰려든 군중들의 모습이 빙빙 돌면서 스쳐 지나갔다. 승리를 알리는 전령의 나팔 소리와 말발굽 소리, 환호하는 군중들의 함성과 박수 소리……. 그 모든 함성 속에서…… 자랑스러운 승리나 영광보다도 더 달콤하게 나의 영혼을 매료시키는 한 사람의 놀란 듯한 외침도 들려오는 듯했다.

부질없는 이러한 상념이 진짜로 내 머릿속에 떠올랐던 것인지, 아니면 앞으로 다가오는 피할 수 없는 운명에 대한 두려움 때문에 헛것을 본 것인지는 알 수 없었다. 하지만 분명한 것은…… 내게 운명의 시간이 다가오고 있다는 사실이다.

나는 쉴 새 없이 방망이질해 대는 가슴을 끌어안고 현관 계단에서 풀쩍 뛰어내렸는데, 그다음 탄크레드 곁으로 어떻게 다가갔는지는 지금도 생각나지 않는다.

"그래요, 저는 겁내지 않아요."

나는 열병과도 같은 흥분 때문에 눈앞이 캄캄했지만, 조금도 주눅 들지 않는 듯이 보이려고 애쓰면서 대담하고 당당한 어조로 말했다.

 나는 흥분 때문에 숨조차 제대로 쉬기가 어려웠고, 뺨 위로 흐르는 눈물이 뜨겁게 달아오를 정도로 얼굴이 빨개져서 눈조차 제대로 뜰 수 없었다.

 "자, 저를 보세요!"

 나는 탄크레드의 갈기를 휘어잡으며, 다른 사람들이 나를 저지할 겨를도 없이 한쪽 등자에 발을 걸었다. 그 순간 탄크레드는 머리를 세차게 흔들며 뒷발로 서더니, 단 한 번의 거친 뜀박질로 자신을 붙들고 서 있던 마부들을 떨쳐 내 버린 뒤 폭풍처럼 달려 나갔다. 사람들은 어찌할 줄 모르고 마구 비명을 질러 댔다.

 광폭한 말이 사납게 날뛰는 동안, 내가 어떻게 나머지 한쪽 발을 등자에 걸 수 있었을까? 그리고 내가 어떻게 그럴 기회를 놓치지 않고 포착할 수 있었을까? 정말이지 나 자신도 알 수 없는 일이있다.

 탄크레드는 나를 태우고 격자무늬의 울타리를 쏜살같이 벗어나더니, 오른쪽으로 획 돌아 울타리 바로 옆을 따라서 위험하기 짝이 없는 길을 갈팡질팡하며 달려 나갔다. 이 순간에 이르러서야 나는 내 등 뒤에서 비명을 질러 대며 웅성거리는 사람들의 기척을 느낄 수 있었는데, 이 비명들은 감각을 잃어 가던 내 마음

에 만족감을 안겨 주면서 자신감을 일깨워 주기에 충분했다.

나는 내 유년기에 광풍처럼 밀려왔던, 아찔하면서도 통쾌했던 이 한순간을 결코 잊지 못한다. 온몸의 피가 머리 위로 솟구쳐서 머리가 터질 것처럼 어질어질했고, 지금까지도 정체를 알 수 없는 공포와 두려움으로 나는 제정신이 아니었다.

지금 돌이켜 보면, 이 행동은 참으로 무모한 듯했지만 한편으로는 기사도적 행동과 직결된다고도 할 수 있을 것 같다.

그러나 나의 기사도적 행동은 너무나 짧은 순간에 끝나고 말았다. 그렇다고 아쉬울 것은 없다. 차라리 그것은 아주 다행스러운 일이었으니까……. 만일 그렇게 끝나지 않았더라면, 무모하면서도 용감한 어린 기사가 그 위기에서 어떻게 벗어날 수 있었겠는가.

나는 말 타는 법을 배웠지만, 내가 그때까지 타던 독일종 말은 승마용 말이라기보다는 오히려 온순한 양에 더 가까울 정도로 순둥이었다. 따라서 만일 탄크레드에게 나를 떨어뜨릴 틈이 있었더라면, 내가 말에서 떨어지지 않을 확률은 0%였다. 그런데…… 탄크레드가 50보쯤 달려 나갔을 때 길 위의 큰 돌을 보고는 놀라서 뒤로 움찔 물러서는가 싶더니…… 다시 고개를 획 돌려 달리기 시작했다.

나는 어떻게 하면 안장에서 공처럼 가볍게 튕기듯이 뛰어내려…… 몸이 산산조각 나지 않고 멀쩡하게 땅에 내려설 수 있을까를 궁리해야 했으나…… 탄크레드는 조금도 속력을 늦추지 않았다. 말은 광분한 듯 머리를 마구 흔들어 대더니, 마치 술 취한 미치광이처럼 비틀거리면서 울타리 쪽으로 되돌아가기 시작했다.

탄크레드는 마치 공중을 나는 것처럼 네 발을 높이 띄우면서, 마치 호랑이가 날카로운 이빨과 발톱으로 자신을 물어뜯기라도 하는 것처럼 몸부림치며 나를 떨쳐 내려고 애를 썼다. 이제 나는 눈 깜짝할 사이에 말의 등 위에서 떨어질 것이었다. 마침내 내가 떨어지려는 찰나였다.

그러나 이미 기수 몇 명이 나를 구하기 위해 달려왔다. 그들 중 두 명은 들판을 가로질러서 나를 에워쌌고, 또 다른 두 사람은 아주 가까운 거리에서 말을 몰아붙였다. 그들이 양쪽에서 탄크레드를 에워쌌기 때문에 내 발은 거의 짓이겨질 지경이었다. 그들은 양쪽에서 탄크레드를 에워싸고는 재갈을 낚아챘고, 얼마 후인지는 모르지만 내가 정신을 차렸을 때 나는 현관 앞에 와 있었다.

사람들은 거의 숨도 못 쉴 정도로 겁에 질려 창백해진 나를 말에서 끌어 내렸다. 나는 사시나무 떨듯이 계속 떨고 있었는데, 그것은 광폭한 폭군으로 명성을 떨치던 탄크레드도 마찬가지였다.

그 녀석은 몸을 뒤로 빼며 마치 말발굽을 땅에 깊이 박은 것처럼 움직이지 않고 서 있었다. 녀석은 맹랑한 어린아이의 불손함을 혼내 주지 못한 것이 몹시 분한 듯 꼼짝 않고 서서, 붉게 상기된 표정을 감추지 못한 채 뜨거운 콧김만 연신 내뿜고 있었다. 주변에 모여 있던 사람들은 여전히 당황스러움과 놀라움을 가라앉히지 못하고 계속 술렁거렸다.

그 순간, 시선을 어디다 둘지 몰라 허공만 바라보고 있던 나의 시선이 걱정과 두려움으로 창백해진 M 부인의 시선과 마주쳤다. 나는 결코 이 순간을 잊을 수가 없다.

그 순간, 내 얼굴은 불꽃에 덴 듯 화끈 달아올랐다. 물론 나는 방금 엄청난 사건을 겪은 뒤였지만, 놀란 나의 마음은 사건의 배경을 더 한층 뼈저리게 인식했으므로 부끄러움을 떨쳐 내지 못했다. 그렇기에 M 부인이 의식되면서도 감히 바라볼 엄두를 내지 못하고 시선을 떨어뜨렸다.

나를 바라보고 있던 사람들이 내 시선의 변화를 알아챈 듯했다. 그들의 시선이 일순간 M 부인에게로 쏠리자, 그녀는 몹시 당황스러워하면서 어린아이처럼 얼굴을 붉혔다. 그녀는 자신의 얼굴에 떠오른 홍조를 미소로써 얼버무리려 했지만 마음대로 되지 않는 모양이었다. 만약에 한쪽으로 비켜서서 이런 광경을 보고 있다면, 이 모든 것이 얼마나 희극적으로 보일는지…….

그런데 뜻하지 않게, 벌게진 얼굴을 들지도 못 하고 웃음거리가 될 뻔한 위기에 있는 나를 구해 낸 작은 소동이 일어났다. 모든 사건의 근원지일 뿐만 아니라, 나를 경멸하며 모욕을 준 폭군 같은 장난꾸러기 금발 부인이 갑자기 나에게로 달려오더니…… 나에게 마구 입맞춤을 해 댄 것이다.

장난꾸러기 귀부인은 입맞춤을 마친 다음 M 부인을 흘끗 바라보면서 나에게 장갑을 던졌다. 그런데 그것을 내가 무심코 집어 들자 그녀는 자신의 눈을 믿지 못하겠다는 듯이 나를 쳐다보았다.

내가 탄크레드를 타고 달릴 때 장난꾸러기 부인은 두려움과 양심의 가책으로 거의 숨이 넘어갈 지경이었다. 하지만 모든 것이 끝난 지금, 특히 M 부인을 보는 나의 시선과 당황한 태도…… 그리고 갑작스러운 홍조를 다른 사람들과 마찬가지로 이해하게 된 지금…… 게다가 경박한 생각으로 가득 찬 그녀의 머리에서 나온 낭만주의적 환상이 현실로 나타나고 있는 지금…… 그녀는 나의 '기사도 정신'에 흥분하기 시작했다.

장난꾸러기 부인은 평소의 그녀답지 않게 심히 감동을 받은 나머지 ……자신의 감정을 감추지 못하고 달려 나와 나를 가슴에 끌어안았다. 그러고 나서 그녀는 수정 같은 눈물이 고여 있는 두 눈을 들어 순수하고 진지한 표정으로 주위의 구경꾼들을 바라보았다. 그러고는 한 번도 들어 본 일이 없는 엄숙하고도 사려 깊은 목소리로 말했다.

"여러분, 이건 웃을 일이 아닙니다."

장난꾸러기 귀부인은 주위의 사람들이 도리어 자신의 빛나는 열광에 감동하고 있다는 사실을 깨닫지 못하는 것 같았다. 갑작스러운 그녀의 행동과 진지한 표정, 장난꾸러기 같던 그녀의 눈에서 흐르는 순수한 눈물은 누구도 상상하지 못했던 기이한 것임이 분명했다. 사람들은 그녀의 천진한 눈빛과 솔직하면서도 정열적인 행동에 감전된 듯 꼼짝 않고 서 있었다.

이 순간, 어떤 영감으로 가득 찬 그녀의 얼굴에서 눈을 돌리는 사람은 아무도 없었다. 심지어는 집주인까지도 얼굴이 샐비어처럼 빨개졌는데, 뒤에 사람들이 수군거리는 이야기를 들으니 그가 '부끄럽게도' 자신의 아름다운 손님에게 넋을 빼앗겼다는 것이었다.

이 사건 이후 내가 기사 또는 영웅이 되었음은 말할 나위가 없다.

"데를로쥐! 토겐부르그!"

주위에서 이렇게 외치는 소리가 들려왔다.

박수 소리도 들려왔다.

"아, 우리의 미래를 짊어질 꿈나무군!"

주인도 칭찬을 아끼지 않았다.

"이 아이는 당연히 우리와 같이 떠나야 해요. 당연히……."

장난꾸러기 귀부인이 소리쳤다.

"이 아이는 바로 내 곁에, 내 무릎에 앉을 겁니다……. 아, 아니에요. 아니지, 내가 실수를 했네요!"

귀부인은 자신의 말을 번복하며 깔깔 웃었는데, 아마도 우리가 처음 만났을 때의 장면이 떠올라 웃음을 참지 못하는 것 같았다.

그러나 그녀는 내 손을 부드럽게 어루만지면서, 내 기분이 상하지 않도록 계속 웃음을 띠고 나를 위로해 주었다.

"당연히 같이 가야지요! 당연히 그렇게 해야 합니다!"

몇몇 사람들의 목소리가 들려왔다.

"그 아이는 꼭 가야 합니다. 그 아이는 자신의 자리를 얻기 위해 노력했으니까요."

그리하여 일은 순식간에 해결되었다. 많은 젊은이들이, 나에게 장난꾸러기 귀부인을 소개시켜 준 것이나 다름없는 예의 그 처녀에게 나를 위해 자리를 양보하라고 요청했기 때문이다. 그녀는 만면에 웃음을 띠며 승낙했지만, 치밀어 오르는 울화를 참지 못해서 은근히 씨근덕거리는 것이 표정에 여실히 드러났다.

그녀가 늘 주위에서 얼쩡거리던 그녀의 보호자, 즉 예전에는 나의 원수였으나 지금은 친구가 되어 버린 장난꾸러기 귀부인이 이미 자신의 씩씩한 말을 타고 질주하면서, '네가 부럽다'는 둥, '곧 비가 올 것 같기 때문에 너와 함께 집이나 봐도 좋을 것 같다'는 둥 아이처럼 천진하게 웃으면서 놀리듯 말하자, 그녀가 머쓱해 했다.

장난꾸러기 귀부인의 예견은 정확히 들어맞았다. 한 시간쯤 뒤 폭우가 쏟아져 우리의 일정을 망쳐 놓은 것이다. 그래서 우리는 숲 속의 통나무집에서 몇 시간 동안 비를 피해 있다가, 비가 갠 다음 잔뜩 흐린 길을 따라 집으로 돌아가야만 했다.

나는 감기 기운이 있는지 가볍게 열이 났다. 우리가 다시 말을 타고 출발하려 했을 때 M 부인이 내게 다가왔는데, 내가 외투 하나만을 달랑 입고 목에 아무것도 두르지 않은 것을 보고 놀랐다. 나는 비옷을 챙겨 입고 나올 시간이 없었다고 말했다. 그녀는 핀으로 내 셔츠의 주름 잡힌 목 부분을 더 높이 올려 채워 주었고, 자신의 붉은색 실크 스카프를 풀어 내 목에 둘러 주었다. 그런 다음 그녀가 매우 서둘러서 가 버렸으므로 나는 그녀에게 고맙다는 인사도 제대로 하지 못했다.

일행이 집에 도착했을 때, 나는 M 부인을 작은 응접실에서 발견했다. 그녀는 장난꾸러기 귀부인과 오늘 탄크레드를 타지 않음으로써 겁쟁이로 낙인찍힌, 얼굴이 하얀 그 청년과 함께 있었다.

나는 감사의 표시를 하고 스카프를 돌려주기 위해 그녀에게 다가갔다.

어떤 감정으로 충만해 있던 나는, 장난꾸러기 귀부인과 젊은이 앞에서 그녀에게 스카프를 건네주는 것만으로도 귀까지 새빨개져 버렸다.

다 지나가 버린 일이긴 하지만, 그 순간 나는 정체를 알 수 없는 부끄러움에 사로잡혔다. 나는 얼른 위층 내 방으로 올라가 모든 일을 차근차근 생각한 뒤에 정리해야겠다고 생각했다.

"이 애가 스카프를 돌려주고 싶지 않은가 봐요. 당신의 스카프와 헤어지는 것을 매우 안타까워하는 것 같은데요."

젊은이가 웃으며 말했다.

"그래요. 바로 그거예요!"

장난꾸러기 귀부인이 말을 받으며 맞장구를 쳤다.

"너도 참……."

장난꾸러기 귀부인은 한심하다는 듯이 나를 바라보며 고개를 설레설레 흔들며 말하다가, 농담이 더 이상 진전되기를 바라지 않는 M 부인의 시선과 마주치자 하던 말을 멈추었다.

나는 재빨리 자리를 떴다.

"참 신기한 아이야. 너란 아이는……."

옆방을 지나갈 때 장난꾸러기 부인이 나를 따라잡고서는 내 두 손을 부드럽게 쥐며 말했다.

"만일 네가 그 스카프를 간직하고 싶었다면 돌려주지 않고 그냥 갖고 있어도 되잖니. 어딘가에 놔뒀다고 말하기만 하면 될 것을! 넌 참 순진하구나. 바보같이…… 내가 말하는 대로도 하지 못하고!"

그녀는 내 얼굴이 찔레꽃처럼 빨개지는 것을 보고는 웃으면서, 귀엽다는 듯이 손가락으로 내 턱을 가볍게 쓰다듬었다.

"이제 우리는 친구가 된 거지. 맞지? 우리 싸움은 이제 모두 끝난 거야, 그렇지?"

나는 아무 말 없이 웃으며 그녀의 손가락을 지그시 쥐었다.

"그런데 왜 그렇게 안색이 창백하니? 몸도 떨고 있네……. 오한이 나는가 보구나?"

"네, 지금 몸에 좀 열이 있어요."

"아이, 가엾은 것 같으니…… 너무 흥분해서 그럴 거야. 어서 가서 푹 자도록 해. 저녁 식사 때도 일어나지 말고 계속 자는 것이 나을 거야. 푹 자고 나면 괜찮아질 거야. 자, 가자."

장난꾸러기 귀부인은 나를 위층까지 바래다주었는데, 그녀의 간호는 거기서 끝날 것 같지가 않았다. 내가 옷을 갈아입도록 내버려 둔 뒤 아래층으로 내려가더니, 손수 차를 끓여 침대에 누워 있는 내게로 가져왔다. 그뿐 아니라 따뜻한 담요도 가져와 덮어 줬는데, 그녀의 보살핌은 나를 매우 놀라게 했고 또 감동시켰다. 아니면 여행의 피로와 들뜬 열 때문에 그렇게 느끼는지도 모르지만……

그녀가 내 방에서 나갈 때, 나는 마치 나의 가장 소중하고 오랜 친구에게 하듯 그녀를 꼭 껴안았다. 얼어붙었던 마음이 풀리면서 내 안에 고여 있던 모든 감정들이 한꺼번에 흘러나오는 것 같았다. 그녀의 가슴에 안기는 순간, 나는 너무나 감정이 벅차서 거의 울 뻔했다.

나를 꼭 안아 주는 그녀가 내 마음 상태를 짐작하는 듯했고, 나 역시도 이 장난꾸러기 부인이 감동을 받았다고 생각했다.

"넌 참으로 착하고 멋있는 아이야. 나를 나쁘게 생각하지 않을 거지? 날 이해해 줄 거지?"

그녀가 조용한 눈길로 나를 바라보며 속삭였다.

이렇게 서로의 마음을 알게 되자, 우리는 무척 친밀하고 믿을 만한 친구가 되었다는 의미의 눈길을 주고받았다.

내가 눈을 떴을 때는 꽤 이른 아침이었으나, 이미 온 방 안이 눈부신 햇살로 가득 차서 눈이 부셨다. 나는 열병 따위는 앓은 적이 없는 것처럼 건강하고 활기찬 동작으로 침대에서 뛰어내렸다. 상쾌한 아침 공기가 기분을 명료하게 해 주어서인지, 말할 수 없는 기쁨이 나를 감쌌다.

나는 어제 있었던 일을 떠올려 보았고, 만일 내 새로운 친구가 된 장난꾸러기 금발 부인과 또다시 어제처럼 포옹할 수 있다면 내가 가진 모든 것을 바쳐도 후회하지 않을 거란 생각이 들었다.

그러나 아직은 사람들 대부분이 잠에서 깨어나지 않은 이른 아침이었다. 나는 재빨리 옷을 챙겨 입고 정원으로 나가, 머뭇거림 없이 숲으로 달려갔다. 녹음이 짙게 우거지고…… 초목 향기가 넘쳐흐르며…… 따뜻한 햇살이 비치는 그런 곳을 찾아 달려갔다. 안개 자욱한 무성한 숲을 이리저리 헤치며 지나가는 것이 무척 재미있고 즐거웠다. 여태까지 경험해 보지 못한 아름다운 아침이었다.

아름다움에 취해 조금씩 걷다 보니 숲이 제법 깊어졌고, 어느덧 모스크바 강이 흐르는 숲의 반대편 끝까지 오게 되었다. 산 아래의 강은 바로 100미터쯤 앞에서 흐르고 있었다.

강의 반대편 기슭에서는 농부들이 풀을 베는 작업이 한창이었다. 농부들의 손에 들린 낫은 날카로우면서도 차가운 빛을 발했는데, 눈앞에서 휘둘리는 듯하다가 이내 빛나는 뱀처럼 획 사라져 버리곤 했다. 뿌리에서 잘린 강인하고 무성한 풀들은 길고

곧은 밭고랑에 켜켜이 눕혀졌는데, 이 광경을 내가 얼마나 오랫동안 지켜봤는지도 모를 지경이었다.

정신을 잃은 듯이 그렇게 앉아 있다가, 문득 숲에서 별장으로 연결되는 오솔길 쪽에서 나는 말발굽 소리를 들었다. 말이 흐르릉 내는 소리에 정신을 가다듬은 것이다. 기사가 말을 몰고 달려와 멈춘 바로 그 순간, 이 소리가 벌써 오래전에 들려왔으나 내가 헛된 망상에 빠져 알아채지 못한 것이 아닌가 하는 의구심이 생겼다. 그런 생각이 들자, 갑자기 이유를 알 수 없는 호기심이 생겨서 나는 부리나케 숲으로 들어갔다.

발걸음을 몇 발자국 옮기기도 전에, 성급히…… 그러나 나직하게 속삭이는 목소리가 들려왔다. 나는 숨을 죽이고 살금살금 다가갔다. 그리고 오솔길 양쪽으로 늘어선 관목들 중 맨 앞쪽에 있는 나뭇가지 뒤로 조심스럽게 몸을 숨겼다. 몸을 웅크린 채 주변을 둘러보다가, 나는 너무나 놀라서 그 자리에 주저앉을 뻔했다. 내 눈에 너무나 익숙한 하얀 옷이 어른거렸고, 두근거리는 나의 심장 소리는 아랑곳하지 않은 채 나직한 여자의 목소리가 마치 음악과도 같이 은은히 울려 퍼졌기 때문이다. 그 목소리의 주인은 바로 M 부인이었다.

말 위에 앉은 채 서둘러 이야기하고 있는 어떤 기사 곁에 서 있는 M 부인은…… 무슨 일인지는 모르지만 무척 흥분해 있는 것 같았다. 더욱 놀라운 것은…… 그 기사는 바로 어제 별장을 떠난, 그리고 M 부인의 남편이 이죽거리며 비아냥거리던 청년 N이었다.

그러나 그는 어제 아주 멀리 남쪽 지방으로 떠난다고 하지 않았던가. 그런데 그를 여기서, 그것도 이토록 이른 시간에 M 부인과 단둘이 있는 것을 보게 되었으니…….

M 부인은 내가 예전에 한 번도 본 적이 없었던 모습을 하고 있었는데, 이유가 무엇인지는 모르지만 그녀의 뺨 위에서는 눈물이 하염없이 흐르고 있었다. 젊은이는 말 위에서 내리지도 않고 그녀의 손을 잡고 있었는데, 안장에 앉은 채 몸을 깊이 숙여 그녀의 손에 오래도록 키스했다. 내가 목격한 장면은, 그 두 사람이 이별을 안타까워하며 마지막 악수와 키스를 나누는 순간이었던 것이다.

무엇에 쫓기는지는 모르지만, 그들은 몹시 서두르는 듯했다. 마지막으로 그 청년은 주머니에서 밀봉된 봉투를 꺼내 M 부인에게 전해 주었고, 여전히 말 위에서 내리지 않은 채 한 팔로 그녀를 끌어안고는 오랫동안 열렬히 키스를 했다. 그는 키스의 여운이 사라지기도 전에 재빨리 박차를 가하더니, 쏜살같이 내 옆을 스쳐 지나갔다.

M 부인은 말발굽 소리가 들리지 않을 때까지 청년이 달려간

곳을 눈으로 쫓더니, 이내 깊은 생각에 잠기는 듯했다. 그녀의 표정은 조금 전과는 달리 무척 우울해 보였는데, 집으로 돌아가려는 듯 천천히 발길을 돌렸다. 그러나 길을 따라 몇 발자국 걷다가, 갑자기 무엇이 생각났는지 서둘러서 관목들을 헤치고 숲으로 들어갔다.

나는 방금 본 광경에 놀라고 당황하여 어찌할 줄 몰라 허둥거리다가, 허겁지겁 그녀의 뒤를 따라갔다. 나의 놀란 가슴은 진정할 기미를 보이지 않고 계속 쿵쿵 뛰었다. 정신이 몽롱해지면서 뭐가 뭔지 모를 정도로 멍해졌다. 나의 명료했던 사고 능력은 어디론가 사라지고, 모든 것이 엉클어진 것이다. 그런 와중에도 왠지 모르게 들었던 슬픈 느낌은 지금도 잊히지 않는다.

녹음이 우거진 숲 속에서 간간이 그녀의 하얀 옷이 보였다. 나는 잠시도 그녀에게서 눈을 떼지 않은 채, 그녀가 나의 존재를 알아차리지 못하도록 조심하면서 살금살금 그녀의 뒤를 밟았다.

숲 속을 헤매던 그녀는 마침내 정원으로 향하는 큰길로 접어들었다. 나는 조금 더 숲 속에서 시간을 끌었다가 큰길로 나왔다. 그런데 놀랍게도 큰길의 한쪽에 깔린 붉은 모래 위에서 밀봉된 봉투를 발견했다. 나는 첫눈에 그것이 무엇인지를 알아차렸다. 그것은 10분 전쯤 M 부인이 그 청년에게서 받았던 바로 그 봉투였다.

나는 그것을 집어 들었다. 아무것도 씌어 있지 않은 하얀 봉투였다. 봉투는 크지 않았지만 눈어림으로 보아 그 안에 편지가 석 장 이상은 들어 있는 듯 꽤 단단하고 무거웠다.

이 봉투는 무엇을 의미하는 걸까? 두말할 나위도 없이 이 봉투 안에 모든 비밀을 밝혀 주는 내용이 담겨 있을 것만 같았다. 이 봉투 안에는 서둘러야 하는 짧은 이별 때문에 N이 다 하지 못했던 말들이 적혀 있을지도 모른다.

그는 그렇게 안타까운 이별의 순간에도 말에서 내리지 않았는데, 정말로 갈 길이 바빴기 때문에 그랬는지…… 아니면 이별의 순간을 연장하는 것이 두려워서 그랬는지를 누가 알겠는가.

나는 길 밖으로 나가지 않고 멈춰 서서, 그녀의 눈에 잘 띌 만한 곳에다 봉투를 던져 놓았다. 그러고는 한순간도 눈을 떼지 않고 그것을 지켜보았다. 나는 M 부인이 봉투가 없어진 것을 눈치채고 그것을 찾으러 돌아오기를 간절히 바랐다.

그러나 4분 정도를 기다려도 그녀가 돌아오지 않자, 나는 더 이상 참지 못하고 나의 노획물을 집어 주머니에 넣고는 다시 M 부인의 뒤를 쫓아갔다. 정원의 큰길에 이르러서야 나는 그녀를 따라잡을 수 있었다. 하지만 그녀는 주위에 시선을 주지 않고, 오직 땅만 뚫어지게 바라보며 곧장 집으로 들어갔다.

나는 어떻게 해야 할지를 몰라서 한참 동안 망설였다. M 부인에게 다가가서 전해 줘야 하지 않을까……? 그러나 그렇게 한다면, 내가 모든 것을 보았고…… 모든 것을 안다는 얘기가 되기 때문에…… 나는 첫마디부터 거짓말을 하지 않으면 안 될 것이다. 그렇게 되면 내가 어떻게 그녀를 바라볼 수 있겠는가? 또 그녀는 나를 어떤 표정으로 보겠는가?

나는 계속 망설이면서도, 그녀가 봉투가 없어졌음을 깨닫고 그것을 찾으러 오던 길로 되돌아가기만을 간절히 바랐다. 그렇게만 된다면 나는 봉투를 길 위에 던져 놓을 것이고, 그녀는 그것을 찾게 될 테니 말이다. 그러나 일은 바라는 대로 되지 않았다.

우리는 벌써 집 가까이에 와 있었고, 그녀는 이미 사람들의 눈에 띄었던 것이다.

이날 아침에는 마치 일부러 그런 것처럼 거의 모든 사람들이 일찍 일어나서 움직였다. 그 이유는 어제의 여행이 무산되어서, 그 대안으로 오늘 다른 여행을 떠나기로 결정했기 때문이었다. 모두들 여행을 떠날 준비를 마친 뒤 테라스에서 아침을 먹었다.

나는 사람들에게 M 부인과 함께 있는 모습을 보이기가 싫어서, 10분쯤 기다렸다가 정원의 반대편으로 돌아갔다. 다른 문을 통해서 가다 보니, 그녀보다 훨씬 늦게 집에 당도했다.

그녀는 테라스에서 창백하고 흥분된 모습으로 왔다 갔다 하고 있었다. 그녀의 행동과 발걸음, 눈빛 속에는 고통스럽고 절망적인 슬픔이 역력히 묻어 있었는데, 그녀를 눈여겨본 사람들은 그녀가 자신의 감정을 애써 감추려고 하는 것을 눈치챈 것 같았다.

그녀는 이따금 정원 쪽으로 나 있는 계단을 내려가 화단 사이를 왔다 갔다 했다. 그녀의 눈은 정원의 모랫길 위와 테라스 바닥 위에서 무엇인가를 찾고 있었는데, 그 눈빛은 몹시 성급하고 격정적으로 보였다. 의심할 필요도 없이, 그녀는 뒤늦게 봉투가 없어졌음을 알아챈 것 같았다. 조심스럽지 못한 그녀의 태도로 보아, 그녀는 봉투를 집 근처 어디쯤에서 분실했다고 여기는 듯했다. 아니, 그녀는 그렇게 믿고 있음에 틀림없었다.

안색이 창백해진 그녀가 몹시 불안해 하고 있다는 것을 알아챈 사람들은 그녀에게 건강을 우려하는 질문들을 하면서 성가신 걱정을 해 왔다. 그녀는 그 질문들에 대해, 아무렇지 않은 듯이 웃으면서 대답해야 했고, 여행을 떠난다는 사실에 즐거워하고 있는 것처럼 가장해야만 했다.

간간이 그녀는 테라스 끝 쪽에서 귀부인 두 명과 쉴 새 없이 수다를 떨고 있는 남편을 바라다보았다. 불쌍한 그녀의 얼굴에는, 그녀의 남편이 이곳에 처음 도착하던 날과 같은 불안과 두려움이 어려 있었다.

나는 주머니에 손을 넣은 채 봉투를 꼭 쥐고 있으면서, M 부인이 나에게 시선을 돌려 주길 간절히 빌었다. 나는 눈길로나마 그녀를 안심시키고 또 위로해 주고 싶었던 것이다. 또한 그녀에게 낮은 소리로 은밀하게 무엇인가를 이야기하고 싶었다. 그러나 그녀가 우연히 나를 바라보았을 때, 나는 부들부들 떨면서 딴 곳으로 시선을 돌리고 말았다.

나는 아주 분명하게 그녀의 고통을 느꼈고, 그녀가 진정으로 고통스러워한다는 것을 확신할 수 있었다.

지금까지도 나는 이 비밀에 대해 당시 내가 짐작하고 있는 이상의 것은 알지 못한다.

그녀와 그 청년의 관계는…… 아마도 그녀의 모습만으로 판단할 수 있는 그런 성질의 것이 아닐지도 모른다. 그리고 그 키스 또한 단지 헤어질 때 의례적으로 나누는 키스였을 수도 있고, 그녀가 자신의 마음을 보여 주고 희생한 것에 대한 대가로서 받은 마지막 키스였을 수도 있다.

그리고 이 편지, 지금 내가 손에 쥐고 있는 이 편지 속에는 어떤 내용이 담겨 있을까? 이 편지에 담긴 내용을 그 누가 판단할 수 있으며, 또 어떻게 판단할 수 있겠는가?

그러나 한 가지 분명한 사실은…… 이러한 비밀이 갑작스럽게 폭로되는 일이 생긴다면, 이로써 그녀의 인생에는 끔찍하고도 충격적인 일이 생길 것이 분명하다.

나는 아직도 그녀의 얼굴 표정을 기억한다. 그 얼굴은…… 그 어느 누구도 그 이상으로 고통스러워 할 수 없을 만큼 절망적인 얼굴이었다. 잠시 뒤에, 15분쯤 후면 모든 것이 밝혀진다는 것을 확실히 인식하고…… 마치 형벌을 받는 것처럼…… 그러한 상황을 기다리는 것만 같았다.

봉투는 곧 누군가에 의해 발견될 것이고, 겉에는 아무것도 씌어 있지 않으므로…… 누군가가 열어 볼 것이 분명하지 않은가. 그러면…… 그러면 어떻게 된단 말인가? 세상의 그 어떤 형벌이…… 지금 그녀가 기다리는 형벌보다 더 가혹할 수 있을까?

그녀는 지금 미래의 심판자들 사이에 존재하고 있다. 그들의 부드럽게 웃는 얼굴은 잠시 뒤에 냉엄하고 가혹하게 변할 것이 분명하기 때문이다. 그녀는 이 얼굴들 위에서 모멸과 증오와 얼음같이 차가운 경멸을 읽게 될 것이고, 그런 다음에는 끝이 없는…… 영원히 새벽이 오지 않는…… 어둠 속에서 그녀의 인생은 잠들어야 할 것이다.

그때 나는 이 모든 것을…… 지금 내가 이야기하는 것처럼 확실하게 알지 못했다. 나는 그저 느낌으로 예감할 뿐이었고, 또 내가 제대로 이해하지 못하는 그녀의 위험을 짐작하면서 가슴 아파할 뿐이었다.

그러나 그녀의 비밀이 무엇이었건 간에, 내가 증인이 되었던 그 짧은 순간들을 어찌 잊을 수 있겠는가. 만일 대가를 치러야 한다면…… 어떤 대가라도 기꺼이 치를 수 있는 그런 순간들이었다.

이윽고 여행의 출발을 알리는 소리가 들려왔다. 사람들은 모두 부산하게 움직이기 시작했다. 사방에선 경쾌한 웃음소리와 큰 소리로 떠드는 말소리가 들려왔다. 2분 뒤에 테라스는 한산해졌다. M 부인은 자신의 건강이 좋지 않다는 것을 스스로 인정하며 함께 떠나기를 사양했다. 다행스럽게도 모든 사람들이 서둘러서 떠나갔으므로 쓸데없는 유감이나 위로, 당부 등의 친절로 그녀를 귀찮게 하지는 않았다.

집에 남은 사람은 몇 명 되지 않았다. 그녀의 남편은 그녀에게 몇 마디 걱정의 말을 건넸고, 그녀는 남편이 걱정하지 않도록 미리 자신의 상태와 계획을 말했다. 조금만 쉬면 괜찮아질 것이며, 집에 누워 있기보다는 혼자…… 아니, 저 아이와 함께…… 산책을 가겠노라고 말하며 나를 바라보았다. 나로서는 이보다 더 좋은 일이 있을 수 없었다. 나는 너무나 기쁜 나머지 나도 모르게 얼굴이 붉게 달아올랐다.

얼마 뒤, 우리는 길을 걷고 있었다. 그녀는 본능의 힘으로 바로 조금 전에 숲에서 돌아왔던 그 길을 다시 더듬으며 걸었다.

그녀는 마치 나란 존재는 아예 없는 듯 나에게 전혀 신경을 쓰지 않았고, 눈을 땅에서 한순간도 떼지 않은 채 앞으로 나아갔다.

그러나 아까 내가 편지를 주웠던 길이 끝나는 바로 그 지점에 다다랐을 때, M 부인은 갑자기 걸음을 멈춰 섰다. 그러더니 슬픔으로 꺼져 가는 낮은 목소리로 몸이 너무 힘들어서 집으로 가야겠다고 말했다. 그러나 정원의 울타리까지 돌아왔을 때, 그녀는 다시 멈춰 서더니 또다시 생각에 잠기는 것 같았다.

숙였던 고개를 드는 그녀의 얼굴에 절망의 미소가 살포시 맴돌았다. 마치 모든 것을 체념하고, 모든 것을 순순히 따르기로 결심한 듯했다.

고통으로 숨도 제대로 못 쉬는 것만 같던 그녀가 이번에는 나에게 한 마디 말도 없이 다시 오던 길로 되돌아가기 시작했다. 나는 슬퍼서 가슴이 터질 것 같았지만, 무엇을 어떻게 해야 할지 알지 못했다.

우리는 함께 걸었다. 그러나 함께 걸었다기보다는…… 내가 한 시간 전에 그녀를 보았던, 말발굽 소리와 그들의 대화를 엿듣고…… 키스하는 것을 목격했던 그 장소로 안내했다고 하는 것이 더 정확할 것이다.

그곳에는 느릅나무가 있었는데, 나무 곁에는 커다란 바위를 통째로 깎아 만든 벤치가 있었다. 벤치 주위엔 담쟁이가 자라고 있었고, 사방에 들장미와 재스민이 만발해 있었다. 이 작은 숲은 온통 놀라운 것들로 가득 차 있는데, 특히 조그만 다리들과 정자와 동굴 등이 참으로 인상적이었다. M 부인은 아무 생각 없이 벤치에 앉아 우리 앞에 펼쳐진 경이로운 광경을 물끄러미 바라보았다.

잠시 뒤, 그녀는 책을 펼쳐 들더니 아무런 생각 없이 책장을 넘기기 시작했다. 비록 시선은 책장을 향하고 있었으나, 그녀가 그것을 읽지 않는다는 것을 나는 금방 눈치챘다.

벌써 아홉 시 반쯤 된 모양이었다. 우리 머리 위에 끝없이 펼쳐진 깊고 푸른 하늘을 배경으로 높이 떠오른 태양이 광채 속에서 이리저리 춤추었다.

강 건너에서 풀을 베던 사람들의 모습은 이미 보이지 않았고, 베어진 풀들만 끝없는 담처럼 쌓여 있었다.

이따금 산들산들한 바람이 향기를 듬뿍 품고 우리에게 다가왔다. '씨 뿌리지도 않고 거두어들이지도 않는 자들'(새들을 지칭함. '공중의 새들을 보아라. 그것들은 씨를 뿌리거나 거두거나 곳간에 모아들이지 않아도 하늘에 계신 너희 아버지께서 먹여 주신다'라는 성서 구절에서 나온 말임)의 끊임없는 음악회가 계속되고 있었는데, 그들은 바람처럼 경쾌하고 발랄하며 자유롭게 날개를 퍼덕거렸다.

살아 있는 모든 꽃 한 송이 한 송이, 풀 한 포기 한 포기는 자신의 향기를 제물로 바치며 그들의 창조자에게 이렇게 말하는 듯싶었다.

"하느님 아버지! 저희에게 내려 주신 모든 은총에 감사드립니다."

나는 삶의 생동감과 즐거움으로 충만한 이곳에서…… 유일하게 죽은 자처럼 앉아 있는 창백한 부인을 망연하게 바라보았다. 그녀의 속눈썹에는, 날카로운 마음의 상처로 인해 솟아오른 눈물방울이 미동도 없이 맺혀 있었다.

이토록 창백하게 죽어 가는 마음을 기쁘게 되살려 놓을 수 없는 걸까? 그러나 나는 어떻게 해야 하는지, 그 방법을 알지 못했다.

너무나 괴로워서 안절부절못하던 나는 그녀에게 다가가려는 마음을 백 번도 더 가졌다. 그러나 번번이 어떤 억제하지 못할 감정이 나를 제자리에 매어 두었고, 그때마다 나의 얼굴은 불꽃처럼 달아올랐다.

갑자기 좋은 생각 하나가 머릿속에 떠올랐다. 마침내 그녀에게 다가갈 수 있는 방법을 발견한 것이다. 그녀와 마찬가지로 죽어 있던 나도 기쁨으로 다시 살아날 수 있었다.

"꽃들이 정말 예쁘지요? 제가 꽃다발을 만들어 드릴까요?"

내가 어찌나 생기 있고 기쁜 음성으로 말했던지, M 부인이 갑자기 고개를 들어 나를 찬찬히 바라보았다.

"그렇게 하렴. 정말 곱구나."

그녀는 희미하게 웃으며 작은 목소리로 말하더니, 이내 고개를 책장으로 떨어뜨렸다.

"여기서 풀베기 작업을 해서인지 꽃이 없네요!"

나는 꽃다발을 만들기 위해 꽃들이 피어 있는 곳으로 자리를 옮기면서 들뜬 목소리로 이렇게 외쳤다.

잠시 뒤에 꽃다발이 완성되었다. 하지만 너무나 작고 볼품이 없었다. 집에까지 들고 가 방에 꽂아 두기엔 부끄러울 정도로 초라한 꽃다발이었다.

그러나 그 꽃다발을 만드는 동안 나의 가슴이 얼마나 뛰었던가. 들장미와 재스민은 벤치 근처에서 뜯었고…… 그리 멀지 않은 곳에 무성한 호밀밭이 있다는 것을 알고 있었기에…… 수레국화를 꺾기 위해 나는 그리로 달려갔다. 나는 가장 누렇고 무성한 호밀 이삭을 골라 그것을 수레국화와 섞었다. 그리고 다시 주위에서 발견한 물망초 무리를 섞으니…… 나름대로 꽃다발이 풍성해지기 시작했다.

푸른빛이 도는 은방울꽃과 패랭이를 또다시 꺾고, 강가 바로 옆에서 노란 수련을 꺾어 섞었다. 드디어 나는 숲 속으로 되돌아와 화려한 빛깔을 뽐내는 단풍 잎사귀와 우연히 발견한 기품 있는 수선화를 꽃다발에 보탰다. 그리고 운이 좋게도 그리 멀지 않은 곳에서 향기로운 제비꽃 향기가 풍겨 왔으므로 그리로 가보았다. 그곳엔 빛나는 이슬방울을 가득 머금은 꽃 한 송이가 농염한 자태를 한껏 자랑하며 무성한 풀숲에 피어 있었다.

꽃다발은 완성되었다. 나는 그물을 엮을 때 사용하는, 강가에서 자라는 가늘고 긴 풀로 꽃다발을 묶었다. 그리고 조금만 주의해서 보면 금방 눈에 띌 수 있도록 꽃송이 사이에 편지를 끼워 넣었다.

나는 그것을 M 부인에게로 가져갔다. 가는 길에 보니 편지가 지나치게 눈에 띄는 것 같아서 편지를 조금 더 깊숙이 밀어 넣었다. 거의 도착할 무렵, 나는 그것을 또 더 깊은 곳에 감췄다. 마침내 M 부인 가까이에 이르렀을 때는, 곁에서 얼핏 보면 도저히 보이지 않을 만큼 꽃다발 깊숙한 곳에 편지가 숨겨져 있었다.

내 볼에서는 연시감 같은 홍조가 좀처럼 가시지 않았다. 나는 부끄러움과 흥분으로 얼굴을 손으로 가린 채 도망치고 싶은 마음이었다.

그녀는 내가 그렇게 큰 꽃다발을 만든 것을 보고 몹시 놀라는 눈치였다. 그러나 그녀는 무의식적으로 꽃다발을 한 손으로 받은 다음, 거의 보지도 않고 벤치 옆에 내려놓았다. 그러고는 다시 무심하게 책장으로 눈을 돌렸다. 꽃다발은…… 마치 내가 나중에 정식으로 무릎이라도 꿇고 건네주기로 약속이라도 된 것처럼…….

나는 내 생각이 빗나갔음을 한탄하며 울고 싶은 심정이었다.

'하지만 꽃다발이 그녀 곁에 있고, 그녀가 그것을 잊는 일만 없다면…… 그것으로 충분하다!'

나는 이렇게 생각하며, 벤치 근처의 풀밭에 오른팔을 베고 누워서 졸린 듯이 눈을 감았다. 그러나 나는 그녀에게서 눈을 떼지 않고 기다렸다.

한 10분쯤 지났을까……. 나의 눈에 비친 그녀의 얼굴빛이 점점 더 창백해져 갔다. 그런데 갑자기 나를 도우려는 듯이 고마운 우연이 내게로 다가왔다. 나를 도우러 온 것은 다름 아닌 커다란 꿀벌이었는데, 고마운 바람이 그것을 내게 보내 준 것이 틀림없었다.

처음에는 꿀벌이 내 근처에서 윙윙대더니 나중에는 M 부인을 향해 날아갔다. 그녀는 꿀벌을 쫓으려고 팔을 연신 내저었지만 꿀벌은 마치 고의로 그러는 듯 그녀에게서 조금도 물러설 생각을 하지 않았다.

다급해진 M 부인은 내가 건네준 꽃다발을 들고 벌을 쫓기 시작했다. 그 순간, 꽃송이 사이에서 편지가 튀어나와 펼쳐진 책

위로 떨어졌다. 나는 온몸을 떨었다.

M 부인 또한 놀라움으로 말미암아 한동안 아무 말도 하지 못하고, 자신의 손에 들린 꽃다발과 편지를 번갈아 쳐다보았다. 그녀는 도무지 자신의 눈을 믿지 못하겠다는 표정이었다.

문득 그녀의 얼굴이 활활 타오르듯이 빨개지더니 나를 돌아다보았다. 그러나 나는 그녀의 시선을 받기 전에 눈을 감고 잠든 척했다.

그 순간, 그 어떤 일이 있더라도 나는 그녀의 얼굴을 똑바로 볼 수 없었을 것이다. 나의 심장은, 곱슬머리 시골 소년의 손아귀에 잡힌 참새의 심장처럼 절망적으로 오그라들어…… 팔딱이며 허덕거렸다.

내가 얼마나 오랫동안 그렇게 눈을 감고 누워 있었는지 모르겠다. 2분, 또는 3분 정도였으리라. 드디어 나는 용기를 내어 눈을 떴다.

M 부인은 정신없이 편지를 읽고 있었다. 나는 홍조가 피어오른 그녀의 얼굴 위에서…… 흐르는 눈물이 반짝이는 그녀의 눈빛 속에서…… 기쁨의 환희로 떨고 있는 그 환한 표정에서…… 이 편지 속에는 행복이 담겨져 있고, 이제 그녀의 모든 슬픔은 연기처럼 훨훨 날아가리라는 것을 짐작할 수 있었다.

고통스러운 감정이 내 마음을 미어지게 했지만, 차라리 그 고통만큼 달콤하기도 했다. 게다가 나는 이런 나의 마음을 감추는 것이 쉽지 않았다.

나는 이 순간을 결코 잊지 못할 것이다! 영원히…….

갑자기 멀리서 그녀를 부르는 소리가 들려왔다.

"M 부인! 나탈리! 나탈리!"

M 부인은 대답을 하지 않은 채 얼른 벤치에서 일어나더니, 내게로 다가와 다급히 몸을 굽혔다.

나는 그녀가 내 얼굴을 직시하고 있음을 느꼈다. 내 눈썹은 심하게 떨렸으나, 나는 눈을 뜨지 않으려고 기를 썼다. 나는 편안하고 고르게 숨을 쉬려 했으나, 나의 심장은 눈치도 없이 있는 대로 쿵쿵거렸다.

그녀의 뜨거운 숨결이 내 뺨을 붉게 물들게 했다. 그녀는 내 얼굴을 찬찬히 바라보는가 싶더니, 점점 더 가까이 내게로 몸을 굽혔다. 드디어 내 손 위로, 가슴 위에 얹어진 그 손 위로 눈물과 입맞춤이 동시에 떨어졌다. 그녀는 내 손에 그렇게 두 번 입맞춤했다.

"나탈리! 나탈리! 어디에 있소?"

이렇게 외치는 목소리는 이제 우리 가까이에서 들려왔다.

"여기 있어요. 곧 가요."

M 부인은 현재의 마음 상태가 드러나는 듯한, 그러나 눈물 때

문에 떨리는 음색으로…… 나에게만 겨우 들릴 정도의 작은 소리로 간신히 대답했다.

그러나 그 순간, 내 온몸의 피가 모두 얼굴로 모여들었다. 그리고 아주 짧은 찰나의 순간, 뜨겁고 짧은 입맞춤이 내 입술을 불태웠다.

나는 나직이 소리를 지르며 눈을 떴으나, 그와 동시에 어제의 그 붉은색 실크 스카프가 내 얼굴 위로 떨어졌다. 마치 작렬하는 태양에게서 나를 보호하려는 듯이…….

그녀는 이미 없었다. 나는 오직 서두르는 듯한…… 사각대는 발소리를 들었을 따름이다. 나는 혼자였다.

나는 내 얼굴을 덮고 있는 스카프를 집어 들고는 환희에 가득 차 오래도록 그것에 입 맞추었다. 얼마 동안 그렇게 정신없이 있었는지, 시간이 얼마나 흘렀는지조차도 알 길이 없었다.

나는 겨우 정신을 가다듬고는…… 팔꿈치를 괴고서 풀밭 위에 누워 어떤 의식이나 움식임도 없이 부근의 산과 언덕, 오밀조밀한 밭들, 그리고 그 사이를 흐르는 강을 바라보았다. 저 멀리 보이는 언덕과 마을 들은 마치 흐르는 점들처럼 빛으로 충만했고, 푸른 숲은 하늘 위로 보일 듯 말 듯 손을 내밀어 누군가를 부르듯이 흔들거렸다.

이 장엄하고 아름다운 풍경이 자아내는 달콤한 평화가 흥분한 나의 마음을 점점 어루만져 주는가 싶더니…… 어느새 차분하게 가라앉혀 주었다. 나는 이제야 비로소 더 자유롭고 편안하게 숨을 쉴 수 있게 되었다.

그러나 나의 온 영혼은 어떤 예감에 사로잡혀, 어떤 것을 통찰한 듯 의연하게 굴면서도…… 때로는 거친 감정을 거침없이 표출하고, 어느 순간은 더없는 부드러움으로 감싸 안으며 괴로워했다.

나의 놀란 가슴은 어떤 기대로 가볍게 떨면서도 정체를 모르는 부끄러움과 기쁨을 간파해 나갔다. 나의 가슴은 무엇인가에 관통당한 듯 갑자기 아프게 뛰기 시작했고 눈물이, 달콤한 눈물이 하염없이 쏟아졌다.

나는 손으로 얼굴을 가린 채 풀잎처럼 몸을 와들와들 떨었지만, 지금까지도 그 정체를 알지 못하는 최초의 느낌과 경험…… 그리고 그 발견에 나의 마음을 아낌없이 바쳤다.

이 순간, 나의 첫 유년 시대는 막을 내렸다.

두 시간 뒤 내가 집으로 돌아갔을 때, M 부인은 보이지 않았다. 그녀는 무슨 급한 일 때문에 남편과 함께 모스크바로 떠난 뒤였다. 그 뒤로 나는 그녀와 다시 만나지 못했다.

작품에 대하여

백야 외

작품 개요

◆ **작품 소개**

　　　도스토옙스키의 중편 소설

도스토옙스키는 1846년에 처음으로 《가난한 사람들》을 발표한 이후 1848년 무렵부터 공상적 사회주의 사상에 관심을 나타내기 시작하였다. '백야'는 이 무렵 "조국 수기"에 발표한 몇몇 소설 중 하나다. 도스토옙스키의 여러 작품에 몽상의 테마가 등장하는데, '백야'에서는 동경은 강하지만 현실적으로는 무력한 몽상가가 주인공이다. 몽상에 대한 테마가 가장 문학적으로 잘 나타난 작품이 '백야'이며, 그의 소설 중 가장 아름답고 서정적이라는 평가를 받는 작품이기도 하다.

◆ **줄거리**

공상을 하며 외롭게 혼자 살고 있는 '나'는 어느 날 위험에 처한 아름다운 소녀 나스첸카를 구해 준다. 그 일로 '나'와 나스첸카는 가까워져 서로의 이야기를 하게 된다. 할머니와 살고 있는 나스첸카는 하숙생으로 있던 남자와 사랑하게 되었는데, 그 사람은 일 년 후에 돌아온다며 떠났다고 한다. 그리고 일 년이 지나 하숙생 남자는 이 도시로 돌아왔지만 나스첸카를 찾아오지 않아 나스첸카는 절망한다. '나'는 나스첸카를 사랑하는 마음을 감춘 채 그녀를 위로하고, 그녀의 사랑을 이루어 주려고 그 남자에게 편지까지 전해 준다. 그렇지만 그 남자에게서는 답이 없다. 슬퍼하는 나스첸카에게 '나'는 사랑을 고백하고, 두 사람은 영원한 사랑을 맹세한다. 그러나 바로 그때 나스첸카의 옛사랑이 나타나고 나스첸카는 그에게 달려간다. 그리고 나스첸카는 다음 날 아침 '나'에게 편지를 보내 자신을 용서하고 영원히 사랑해 달라고 한다.

◆ **등장인물 소개**

나_ 봉급이 많지 않은 직장에 다니며 외롭게 혼자 살고 있는 스물여섯 살 청년이다. 도시를 헤매며 건물과 대화하고 잘 알지도 못하는 사람과 혼자 친구가 되는 등 몽상으로 많은 시간을 보낸다. 사랑에 대한 순수한 열정을 가지고 있어 나스첸카를 만나 헌신적이고 순수하게 사랑을 한다.

나스첸카_ 할머니와 사는 열일곱 살 소녀이다. 하숙생으로 있던 남자와 사랑에 빠지는데, 그에게 함께 도망가자고 하는 등 사랑 앞에 대범하고 용기 있는 소녀이다. '나'의 헌신적인 사랑에 감명받아 영원한 사랑을 맹세하지만, 옛사랑이 나타나자 '나'의 손을 뿌리치고 단숨에 그에게 달려가 버린다.

작품 해설

◆ 들어가기

표도르 도스토옙스키는 빚에 쫓긴 나머지 채권자들을 피하여 한때 독일과 오스트리아 등지에서 도피 생활을 한 적이 있다. 이러한 열악한 환경을 무릅쓰고 그는 바로 그 시기에《죄와 벌》, 《백치》,《악령》같은 훌륭한 작품을 완성하였다. 1873년도 러시아로 돌아왔을 때 그는 이미 세계적인 명성을 지닌 작가가 되어 있었다.

그런데 이 무렵 도스토옙스키는 프랑스의 소설가 오노레 발자크처럼 빚을 갚기 위하여 글을 썼기 때문에 될 수 있는 대로 원고를 길게 썼다. 원고의 분량에 따라 원고료를 받았기 때문이다. 러시아 작품들이 흔히 길이가 긴 것도 이와 무관하지 않다. 도스토옙스키를 비롯한 러시아 작가들의 작품은 워낙 스케일이 방대하고 길이가 긴 장편 소설들이어서 인내심이 적은 현대 독자들에게는 잘 맞지 않는다.

그러나 예외 없는 규칙이 없다고 도스토옙스키가 언제나 길장편 소설만 쓴 것은 아니다. 예를 들어 처녀 작품《가난한 사람들》이나《지하 생활자의 수기》등은 긴 단편 소설이나 중편소설 분량밖에 되지 않는다. 그는 장편 소설을 쓰는 데 뛰어난 작가일 뿐만 아니라 단편 소설이나 중편소설을 쓰는 데에도 뛰어난 작가였다.

이 점에서는《백야》도 마찬가지이다. 빛에 쪼들리기 전인 초기만 해도 그도 이렇게 짧은 작품을 즐겨 썼다.《백야》에 등장하는 작중인물도 오직 두 사람뿐이고, 사건이 일어나는 배경도 도시를 가로지르며 흐르는 강에 걸쳐 있는 다리뿐이다. 도스토옙스키의 작품 중에서 이 소설만큼 스케일이 작은 작품도 아마 찾아보기 쉽지 않을 것이다. 말하자면 이 작품은 반지에 박힌 조그마한 보석 같은 작품이다. 비록 크기는 작을지 모르지만 찬란한 빛을 내뿜는다.

◆ **작품 배경과 내용**

《백야》는 도스토옙스키의 작품이 흔히 그러하듯이 제정(帝政) 러시아 시대의 상트페테르스부르크를 배경으로 삼고 있다. 상트페테르스부르크는 습지에 세운 도시인 탓에 흔히 '물의 도시'나 '북

국의 베네치아'라고 부른다. 이 작품의 시간적 배경도 자못 이색적이다. 위도가 높은 지역에서는 여름 동안 밤에 어두워지지 않고 낮처럼 환하다. 이러한 현상을 스웨덴을 비롯한 스칸디나비아에 사는 사람들은 '한밤의 태양'이라고 부르지만 러시아 사람들은 '백야'라고 부른다. 수많은 운하와 다리, 울창한 자작나무 숲들이 들어서 있는 이 도시, 그것도 백야를 배경으로 청춘 남녀의 순수하고 꿈 같은 사랑을 그린 이 작품은 담담하게 그린 한 편의 수채화와도 같다.

이 작품은 몽상가를 자처하는 일인칭 화자가 일기 형식을 빌려 쓴 소설이다. 상트페테르부르크에 뒤늦게야 비로소 봄이 찾아온다. 도심을 가로지르는 네바 강(江)은 겨우내 꽁꽁 얼었다가 이제 겨우 녹기 시작한다. 잿빛 하늘은 한밤중인데도 초저녁처럼 밝다. 창밖이 밝아 잠을 못 이루는 사람들은 거리를 서성거린다. 연인들은 운하를 끼고 걸으며 밀회를 나누는 모습이 평화롭기 그지없다.

기나긴 겨울 동안 하숙방에서 뒹굴며 시간을 보내던 주인공 청년도 생동하는 봄기운을 맞으러 강변에 나선다. 그리고 그곳에서 뜻하지 않게 우연히 아리따운 한 아가씨를 만나게 된다. 모두들 새 봄에 기분이 한껏 들떠 있건만 그 아가씨는 외떨어진 다리 난간에 기대어 하염없이 강물을 바라보고 있는 것이 아닌가.

청년이 그 아가씨에게 관심을 갖고 가만히 지켜보자니 표정이 너무 어둡다. 마침내 눈물을 글썽이는 것을 보아 다리 아래로 몸을 던져버릴 것 같은 예감이 든다. 그러나 평소 숫기 없는 청년은 그녀에게 좀처럼 접근하지 못한다. 그녀가 치한한테 괴롭힘을 당하고 나서야 그녀를 도와 집까지 데려다 준다.

이것이 계기가 되어 두 젊은이는 만나게 된다. 그러나 그들의 관계는 처음부터 매듭처럼 복잡하게 얽혀 있다. 나스첸카라는 아가씨는 모스크바로 떠나면서 일 년 뒤에 돌아오겠다던 남자를 기다리고 있다. 그리고 주인공 청년은 이렇게 누군가 다른 남자를 사랑하는 여자에게 애정을 느낀다. 결국 그녀는 돌아오지 않는 남자를 잊기로 하고 이 몽상가의 사랑을 받아들인다. 그런데 두 사람의 새로운 사랑이 이루어질 듯한 바로 그 순간에 영영 나타나지 않을 것 같았던 연인이 마침내 돌아온다. 그러자 아가씨는 언제 상심에 빠졌냐는 듯이 활짝 웃는 얼굴로 주인공에게 "그동안 너무 고마웠다."라는 말을 남기고 그의 곁을 떠난다. 달콤한 몽상에 빠져 있던 주인공에게는 그야말로 청천벽력이었다.

그래도 청년은 이별의 슬픔을 아름다운 추억으로 오래 간직하려고 한다. 그동안 아가씨와 함께 했던 시간들로 자신이 정말 행복했었다고 생각한다. 그렇다면 고마움을 표할 사람은 그녀가 아니라 오히려 자신이 아닌가 하고 생각해 본다. 한낱 며

칠에 지나지 않았지만 밤을 잊고 다감하게 함께 나누었던 대화, 만날 때마다 마음 설레었던 그 순간이 없었더라면 아마 자신의 삶은 무척 공허했을 것이다.

◆ **작품의 중심 주제**

도스토옙스키는 《백야》에서 소외와 고립을 중심 주제로 다룬다. 이 작품의 주인공 청년은 마트로나라는 나이 많은 하녀와 함께 조그마한 아파트에서 외롭게 살고 있다. 하녀를 제외한 다른 사람들과 의미 있는 관계를 맺지 못한 채 외롭게 살아간다. 그는 현실 세계와 완전히 유리되어 있다시피 하다. 길거리에서 만나는 사람들이 모두 친구이고 거리에 서 있는 건물이 자신을 반긴다고 생각하지만, 실제로 그는 이 세상에 외톨이 신세일 뿐 어느 누구와도 어울리지 못한다. 그가 낮에는 불편함을 느끼지만 오직 밤에 편안함을 느끼는 것도 그 때문이다. 그러므로 주인공이 이 외로운 삶을 지탱할 수 있는 유일한 길은 몽상뿐이다. 만약 이 몽상이 없다면 그는 이 세상을 살아갈 수가 없었을 것이다. 이 소설에서 나스첸카는 그에게 마치 책을 읽는 것처럼 말을 한다고 느낌을 밝히는데, 그가 얼마나 현실과 유리되어 있는지 말해 주는 대목이다.

이렇게 고독하고 외롭다는 점에서는 여주인공도 크게 다르지 않다. 일찍이 고아가 된 그녀는 엄격한 할머니와 함께 외롭게 살아간다. 그녀가 할머니 집에 세 들어 살고 있는 청년에게 쉽게 마음을 빼앗기게 되는 것도 그동안 외롭게 살아 왔기 때문이다. 《백야》에서 도스토옙스키는 비극적 상실감과 연민을 그리되 아름답게 낭만적으로 묘사한다.

한편 도스토옙스키는 한 낭만적인 몽상가의 경험을 빌려 사랑의 본질을 말한다. 청년과 아가씨와의 사랑은 여름날의 백야처럼 짧고 속절없기 그지없다. 그러나 사랑이라는 감정은 그 물리적 시간에 정비례하지 않는다. 비록 백야처럼 짧은 사랑이었지만 주인공에게는 무척 소중하다. 그는 실연당한 사랑일망정 이 사랑을 촉매로 삼아 고독과 소외의 멍에를 벗어 버리고 좀 더 현실 세계에 가깝게 다가간다. 나스첸카가 그 곁을 떠난 뒤 그는 그녀를 저주하기보다는 오히려 축복을 보낸다.

너의 하늘이 청명하기를,
너의 사랑스러운 미소가 밝고 평화롭기를,
행복과 기쁨의 순간에 축복이 너와 함께 하기를!
너는 감사하는 마음으로 가득 찬 어느 외로운 가슴에 행복과 기쁨을 주었으니까.
한 순간 동안이나마 지속되었던 지극한 행복이여!

인간의 일생이 그것이면 족하지 않겠는가?

도스토옙스키가 《백야》를 쓴 것은 정치적 집회에 참여했다는 이유로 체포되어 사형당하기 직전에 가까스로 사면되어 시베리아에서 유배 생활을 하기 전이다. 그의 삶에서 이 유배 경험은 아주 중요한 역할을 한다. 이 유배를 분수령으로 이전의 삶과 이후의 삶은 뚜렷이 구분된다. 분수령 이전에는 다정다감하고 내면 성찰적인 성격이 강하게 부각되어 있다면, 그 이후에는 삶에 의구심을 품고 비이성적이고 냉소적이며 병적인 세계관으로 기울어지기 시작하였다. 다시 말해서 《백야》에서는 여전히 삶을 긍정하는 그의 낙관적인 태도를 읽을 수 있다.

◆ 작가 소개

표도르 도스토옙스키는 1821년 모스크바에서 모스크바 마린스키 자선병원 의사의 7남매 중 차남으로 태어났다. 아버지 쪽이 귀족 가문 출신이었지만 당시 러시아에서 의사의 신분은 중인 계급 정도로, 경제적으로 넉넉하지는 않았다. 아버지는 가부장적이었으며 매우 엄격하고 거친 성격이어서 자식들에게 두려움의 대상이 되었다.

도스토옙스키는 열세 살 때 형 미하일과 함께 모스크바의 체르마크 기숙학교에 입학하여 3년 동안 수학하였다. 1837년 온화하고 자애로운 성격으로 자녀들에게 천사 같은 존재였던 어머니가 폐결핵으로 사망하자 가족에게 큰 충격이었다. 1838년 도스토옙스키는 공병학교에 입학하여 군사교육을 받게 되었다. 소심하고 예민하며 병약한 소년 도스토옙스키에게 군사 훈련은 성격에 맞지 않았다.

1839년 아버지가 영지의 농노들에게 살해당하는 일이 벌어졌다. 그는 부인이 죽은 뒤 영지로 내려가 생활했는데, 농노들을 가혹하게 다루었던 것이 원인이 되었다. 페테르부르크에 있던 형제는 큰 충격을 받았으며, 전기 작가 O. 밀레르에 따르면 이 시기에 도스토옙스키를 평생 괴롭힌 간질 발작이 처음 나타났다고 한다.

사회주의 사상을 연구하는 페트라셰프스키의 모임에 가담했다가 사형 선고를 받았지만 황제의 특별사면으로 풀려난 뒤 시베리아에서 유배 생활을 하였다. 유배에서 돌아온 뒤 도스토옙스키는 문학에 전념하였다. 1846년 처녀 중편소설 《가난한 사람들》로 비평가 벨린스키로부터 '제2의 고골리'라는 극찬을 받으며 화려하게 문단에 데뷔하였다. 대표작으로는 《죄와 벌》, 《죽음의 집》, 《악령》, 《카라마조프가의 형제》 등이 있다.